Tony DiTerlizzi / Holly Black

Die Spiderwick Geheimnisse

Buch 1 & 2

omnibus

Von Tony DiTerlizzi und Holly Black sind bei cbj erschienen:

»Die Spiderwick-Geheimnisse.
Eine unglaubliche Entdeckung«
(Band 1, 12683)

»Die Spiderwick-Geheimnisse.
Gefährliche Suche«
(Band 2, 12684)

»Die Spiderwick-Geheimnisse.
Im Bann der Elfen«
(Band 3, 12920)

»Die Spiderwick-Geheimnisse.
Der eiserne Baum«
(Band 4, 12921)

»Die Spiderwick-Geheimnisse.
Die Rache der Kobolde«
(Band 5, 12922)

»Arthur Spiderwicks Handbuch.
Für die fantastische Welt um dich herum«
(12923)

Die Spiderwick Geheimnisse

BUCH 1 & 2

Von Tony DiTerlizzi und Holly Black

Aus dem amerikanischen Englisch
von Anne Brauner

omnibus

omnibus

OMNIBUS
ist der Taschenbuchverlag für Kinder
in der Verlagsgruppe Random House

FSC
Mix
Produktgruppe aus vorbildlich
bewirtschafteten Wäldern und
anderen kontrollierten Herkünften

Zert.-Nr. SGS-COC-1940
www.fsc.org
© 1996 Forest Stewardship Council

Verlagsgruppe Random House FSC-DEU-0100
Das für dieses Buch verwendete FSC-zertifizierte
Papier *München Super* liefert Mochenwangen.

1. Auflage
Erstmals als OMNIBUS Taschenbuch
August 2007
Gesetzt nach den Regeln der Rechtschreibreform

Die amerikanischen Originalausgaben erschienen 2003
unter den Titeln »The Spiderwick Chronicles – The Field
Guide« und »The Spiderwick Chronicles – The Seeing
Stone« bei Simon & Schuster Books for Yound Readers,
einem Imprint der Simon & Schuster Children's Publishing
Division

Übersetzung: Anne Brauner
Umschlag- und Innenillustrationen: Tony DiTerlizzi
Umschlaggestaltung: Basic-Book-Design,
Karl Müller-Bussdorf
MI · Herstellung: CZ
Satz: Buch-Werkstatt GmbH, Bad Aibling
Druck und Bindung: GGP Media GmbH, Pößneck
ISBN: 978-3-570-21802-0
Printed in Germany

www.omnibus-verlag.de

Für meine Großmutter Melvina,
die mir riet, genau so ein Buch zu schreiben,
und der ich antwortete, das würde ich nie tun.
H.B.

Für Arthur Rackham.
Mögest du weiterhin andere so inspirieren wie mich.
T.D.

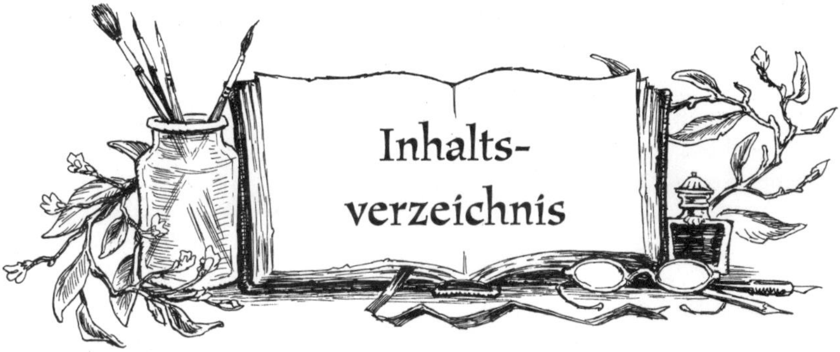

Inhaltsverzeichnis

Liebe Leser,
in all den Jahren unserer Freundschaft empfanden Tony und ich eine gemeinsame, aus der Kindheit herrührende Begeisterung für Elfen. Wir wussten aber noch nicht, wie wichtig diese Verbindung einmal sein und wie sehr sie auf dem Prüfstand stehen würde.

Eines Tages nahmen Tony und ich – mit einigen anderen Autoren – an einer Signierstunde in einer großen Buchhandlung teil. Als wir alle Bücher signiert hatten, blieben wir noch ein bisschen, halfen beim Wegräumen der Bücher und unterhielten uns, bis plötzlich ein Buchhändler auf uns zukam. Er sagte, für uns sei ein Brief hinterlassen worden. Als ich nachfragte, für wen von uns beiden, antwortete er zu unserer Überraschung: »Für Sie beide.«

Der Brief sah genauso aus wie auf der Abbildung auf der nächsten Seite. Lange Zeit starrte Tony nur auf die Kopie, die dem Brief beilag. Dann stellte er mit gepresster Stimme Überlegungen an, wo der Rest des Manuskripts geblieben sein könnte. In aller Eile schrieben wir eine Nachricht, steckten sie in den Briefumschlag und baten den Buchhändler, ihn den Grace-Kindern zukommen zu lassen.

Kurz darauf lag ein mit rotem Band verschnürtes Paket vor meiner Tür. Wenige Tage danach klingelten die drei Kinder und erzählten mir ihre Geschichte.

Es ist kaum zu beschreiben, was seitdem geschehen ist. Tony und ich mussten in eine Welt eintauchen, an die wir nie wirklich geglaubt hatten. Inzwischen haben wir verstanden, dass Elfen wesentlich vielschichtiger sind als in den Geschichten unserer Kindheit. Um uns herum gibt es eine unsichtbare Welt, und wir hoffen, dass ihr, liebe Leser, einen Blick dafür bekommen werdet.

HOLLY BLACK

Liebe Mrs Black, lieber Mr DiTerlizzi,

ich weiß, dass viele Leute nicht an Elfen glauben. Ich glaube aber daran und Sie doch auch, oder? Nachdem ich Ihre Bücher gelesen habe, habe ich meinen Brüdern von Ihnen erzählt, und dann haben wir beschlossen, Ihnen zu schreiben.

Wir wissen etwas über echte Elfen. Genau genommen wissen wir sogar eine ganze Menge darüber.

Das beiliegende Blatt ist die Kopie einer Seite aus einem alten Buch, das wir auf unserem Speicher gefunden haben. Die Kopie ist nicht besonders gut, weil wir Schwierigkeiten mit dem Kopierer hatten. In dem Buch steht, wie man Elfen erkennen kann und wie man sich am besten vor ihnen schützt.

Wären Sie bereit, dieses Buch Ihrem Verleger zu übergeben? Wenn ja, dann stecken Sie diesen Brief in den Briefumschlag und geben ihn im Laden zurück. Wir werden einen Weg finden, Ihnen das Buch zukommen zu lassen. Es wäre zu gefährlich, es mit der Post zu schicken.

Wir möchten gerne, dass die Leute davon erfahren.

Was uns passiert ist, kann auch jedem anderen passieren.

Mit freundlichen Grüßen

Mallory, Jared und Simon Grace

Der Schrottplatz
Das Lage
Die Brücke
Das Spiderwick Anwesen
Rountree Strasse
Dulac Strasse
Das Wäldchen

Richtung Stadt
Der alte Steinbruch
J.-Waterhouse-Schule
Riggenbach Weg
Robinson-Bach
N
Karte des
Spiderwick-Anwesens
und der Umgebung

DIE SPIDERWICK GEHEIMNISSE

EINE UNGLAUBLICHE ENTDECKUNG

BUCH EINS

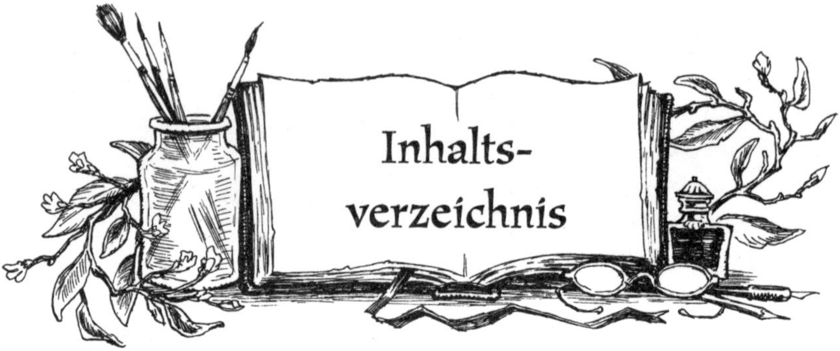

Inhaltsverzeichnis

Liste der ganzseitigen Illustrationen

Es sah eher aus wie ein Dutzend Hütten.

KAPITEL EINS

In dem die Grace-Kinder ihr neues Zuhause kennen lernen

Die Frage, welche Berufe seine Geschwister als Erwachsene wohl ausüben würden, hätte Jared sofort beantworten können. Er hätte gesagt, dass sein Bruder Simon entweder Tierarzt oder Löwenbändiger werden würde. Er hätte gesagt, dass seine Schwester Mallory entweder als Fechterin bei den Olympischen Spielen landen würde oder im Gefängnis, weil sie mit dem Florett auf jemanden losgegangen war. Aber er hatte keine Vorstellung davon, in welchen Beruf er hineinwachsen würde. Aller-

dings fragte ihn sowieso niemand. Er wurde doch nie nach seiner Meinung gefragt. Zu dem neuen Haus beispielsweise. Jared Grace schaute daran hoch und blinzelte. Vielleicht sah es verschwommen besser aus.

»Echt die letzte Hütte«, sagte Mallory. Sie stieg aus dem Kombi. Das stimmte nicht ganz. Es sah eher aus wie ein Dutzend Hütten, die jemand übereinander gestapelt hatte. Das Haus hatte mehrere Schornsteine und ein Geländer aus Eisen auf dem First, das auf dem Dach saß wie ein besonders protziger Hut.

»Ich finde es gar nicht so schlecht«, sagte ihre Mutter, und ihr Lächeln wirkte nur leicht gezwungen. »Es ist so herrlich altmodisch.«

Simon, Jareds eineiiger Zwillingsbruder, war offensichtlich nicht sonderlich erschüttert. Wahrscheinlich dachte er daran, wie viele Tiere er jetzt haben dürfte. Wenn Jared bedachte, was er alles in ihr kleines Zimmer in New York gestopft hatte, würden wohl viele Kaninchen und Igel und was sonst noch hier herumlief, nötig sein, bis Simon zufrieden war.

»Komm schon, Jared«, rief Simon. Jared merkte, dass

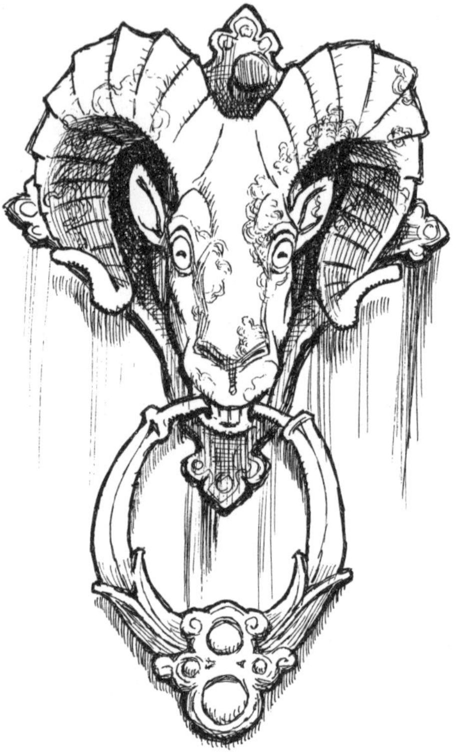

die anderen schon an den Treppenstufen standen, während er allein auf dem Rasen zurückgeblieben war und noch immer das Haus anstarrte.

Die hellgraue Farbe auf den Türen war im Laufe der

Jahre abgeblättert und ausgeblichen. Die wenigen verbliebenen Farbspuren in einem unbestimmten Cremeton steckten tief in den Spalten und um die Scharniere. Als Türklopfer hing ein verrosteter Widderkopf an einem einzigen, schweren Nagel.

Ihre Mutter steckte einen gezackten Schlüssel ins Schloss, drehte ihn und drückte kräftig mit der Schulter, bis die Tür aufging und den Blick in einen halbdunklen Flur freigab. Ein einziges Fenster lag auf halber Treppe – die fleckigen Glasscheiben warfen einen schauerlichen rötlichen Schimmer auf die Wände.

»Es sieht genauso aus, wie ich es in Erinnerung hatte«, sagte sie lächelnd.

»Nur ein bisschen beschissener«, sagte Mallory.

Ihre Mutter seufzte, aber das war auch ihre einzige Antwort.

Vom Flur aus gelangte man ins Esszimmer. Das einzige Möbelstück war ein langer Tisch mit verblichenen Wasserflecken. Die Stuckdecke hatte Risse und ein Kronleuchter hing an ausgefransten Kabeln.

»Könntet ihr drei mal die Sachen aus dem Auto reinbringen?«

»Hier rein?«, fragte Jared.

»Ja, hier rein.« Ihre Mutter stellte den Koffer auf den Tisch und ignorierte die aufwirbelnde Staubwolke. »Wenn eure Großtante Lucinda uns nicht hier wohnen ließe, hätte ich nicht gewusst, wohin. Wir sollten ihr dankbar sein.«

Keiner sagte etwas. Jared gelang es beim besten Willen nicht, irgendetwas zu fühlen, das Dankbarkeit auch nur nahe kam. Seit ihr Vater ausgezogen war, ging alles schief. In der Schule hatte er alles vermasselt, daran erinnerte ihn schon die Schramme über dem linken Auge. Aber dieses Haus – dieses Haus war bis jetzt das Schlimmste.

»Jared«, sagte seine Mutter, als er Simon folgen wollte, um den Wagen auszuladen.

»Ja?«

Seine Mutter wartete, bis die beiden anderen außer Hörweite waren. Dann sagte sie: »Dies ist eine Chance, neu anzufangen … für uns alle. Klar?«

Jared nickte widerwillig. Er konnte darauf verzichten,

dass sie ihm auch noch den Rest erzählte – dass er nur deshalb nicht von der Schule geflogen war, weil sie sowieso fortzogen. Noch so etwas, wofür er dankbar sein sollte. War er aber nicht.

Draußen hatte Mallory zwei Koffer auf einen Schiffskoffer gepackt. »Wie ich gehört habe, soll sie sich zu Tode hungern.«

»Tante Lucinda? Die ist einfach alt«, sagte Simon, »alt und verrückt.«

Aber Mallory schüttelte den Kopf. »Ich habe gehört, wie Mom am Telefon Onkel Terrence erzählt hat, dass Tante Lucinda glaubt, kleine Männer würden ihr das Essen bringen.«

»Was erwartet ihr denn? Sie ist doch in der Klapse«, sagte Jared.

Mallory sprach weiter, als hätte sie ihn gar nicht gehört.

»Sie hat den Ärzten erzählt, das Essen sei leckerer als alles, was sie jemals probiert hätte.«

»Das hast du dir ausgedacht.« Simon kroch auf den Rücksitz und öffnete einen der Koffer.

Mallory zuckte mit den Schultern. »Wenn sie stirbt, erbt irgendwer dieses Haus, und dann müssen wir wieder woanders hinziehen.«

»Vielleicht können wir dann in die Stadt zurückziehen«, sagte Jared.

»Träum weiter«, sagte Simon. Er packte zusammengeknüllte Kniestrümpfe aus. »Oh nein! Jeffrey und Lemondrop haben sich rausgefressen!«

»Mom hat dir verboten, die Mäuse mitzunehmen«, sagte Mallory. »Sie hat gesagt, hier könntest du jetzt *normale* Tiere haben.«

»Wenn ich sie freigelassen hätte, wären sie bestimmt in einer Mausefalle oder so was gelandet«, sagte Simon, drehte eine Socke auf links und steckte einen Finger durch das Loch. »Außerdem hast du auch deinen ganzen Fechtmist mitgebracht!«

»Das ist kein Mist«, knurrte Mallory. »Und er ist wenigstens nicht *lebendig.*«

»Halt's Maul!« Jared ging einen Schritt auf seine Schwester zu.

»Glaub ja nicht, nur weil du schon ein blaues Auge hast, könnte ich dir nicht noch eins verpassen.« Mallorys Pferdeschwanz sauste durch die Luft, als sie sich zu ihm umdrehte. Sie schob ihm einen schweren Koffer in die Hände. »Los, bring den rein, wenn du so hart im Nehmen bist.«

Obwohl Jared wusste, dass er möglicherweise eines Tages größer und stärker sein würde als sie – wenn sie nicht mehr dreizehn war und er neun –, konnte er sich das kaum vorstellen.

Jared schaffte es, den Koffer ins Haus zu schleppen, bevor er ihm aus den Händen fiel. Er würde ihn notfalls den Rest der Strecke ziehen können, ohne dass jemand es mitbekommen würde. So allein im Flur wusste Jared allerdings nicht mehr, wie er von dort ins Esszimmer kam. Von diesem Flur gingen zwei weitere ab, die tief ins Hausinnere führten.

»Mom?«

»Mom?« Er wollte eigentlich laut rufen, aber selbst in seinen eigenen Ohren klang seine Stimme sehr leise.

Keine Antwort. Er ging zögernd weiter, bis eine Diele unter seinen Füßen knarrte.

In dem Moment, in dem er innehielt, raschelte es *in* einer Wand. Er konnte hören, wie etwas kratzend hochkrabbelte, bis das Geräusch in der Decke verschwand. Sein Herz schlug heftig in der Brust.

Das ist bestimmt nur ein Eichhörnchen, beruhigte er sich selbst. Schließlich sah das Haus aus, als würde es gleich auseinander fallen. Alles Mögliche konnte darin leben; sie konnten froh sein, wenn sie keinen Bären im Keller fanden oder Vögel in den Heizungsrohren. Falls es in dem Haus überhaupt eine Heizung *gab*.

»Mom?«, fragte er erneut, noch leiser als zuvor.

Dann ging hinter ihm die Tür auf und Simon kam herein. Er trug Marmeladengläser mit zwei grauen Mäusen, denen die Augen aus den Köpfen quollen. Mallory kam mürrisch hinter ihm her.

»Ich habe etwas gehört«, sagte Jared. »In der Wand.«

»Was?«, fragte Simon.

»Ich weiß nicht ...« Jared wollte nicht zugeben, dass er es einen Moment lang für einen Geist gehalten hatte. »Wahrscheinlich ein Eichhörnchen.«

Simon sah die Wand interessiert an, an der schlaff eine

Tapete aus Goldbrokat herunterhing, die hier und da abblätterte und Blasen warf. »Glaubst du wirklich? Im Haus? Ich wollte schon immer ein Eichhörnchen haben.«

Keiner von beiden schien es beunruhigend zu finden, wenn etwas in der Wand war, deshalb sagte Jared auch nichts mehr dazu. Aber während er den Koffer ins Esszimmer schleppte, musste er an ihre kleine Wohnung in New York denken, an ihre Familie vor der Scheidung. Er wünschte, dies wäre eine Art Abenteuerurlaub und nicht das wirkliche Leben.

Jared wurde davon wach, dass Mallory schrie.

KAPITEL ZWEI

In dem zwei Wände mit durchaus unterschiedlichen Methoden erforscht werden

Wegen der Löcher im Dach waren auf der ersten Etage nur drei Schlafzimmer bewohnbar. Eins bekam ihre Mutter, eins Mallory, das dritte mussten Jared und Simon sich teilen.

Als sie endlich mit dem Auspacken fertig waren, standen auf allen Kommoden und Nachttischen in Simons Zimmerhälfte Glasgefäße. In einigen wenigen schwammen Fische. Der Rest war voll gestopft mit Mäusen, Ei-

dechsen und anderen Tieren, die Simon zu einem Leben in matschmöblierten Käfigen verdammt hatte. Ihre Mutter hatte Simon gesagt, er könne alle Tiere mitnehmen, außer den Mäusen. Sie konnte sie nicht ausstehen, weil Simon sie aus einer Falle in der Wohnung ihrer Nachbarin gerettet hatte. Jetzt tat sie so, als hätte sie nicht gemerkt, dass er sie doch mitgebracht hatte.

Jared wälzte sich auf seiner harten Matratze und drückte sich das Kopfkissen auf den Kopf, als wollte er sich damit ersticken, aber er konnte einfach nicht schlafen. Es machte ihm nichts aus, mit Simon in einem Zimmer zu schlafen, aber einen Raum mit Käfigen voller raschelnder, quiekender, kratzender Tiere zu teilen, war unheimlicher, als allein zu schlafen. In der Stadt hatte er auch mit Simon und den Viechern in einem Zimmer geschlafen, aber wegen der Hintergrundgeräusche von Autos, Sirenen und Menschen hatte er sie weniger wahrgenommen. Hier war alles ungewohnt.

Als er die Türscharniere quietschen hörte, saß er sofort aufrecht im Bett. Auf der Schwelle stand ein Wesen mit einem formlosen weißen Kleid und langen dunklen Haaren. Jared schlüpfte so schnell aus dem Bett, dass er es selbst kaum mitbekam.

»Ich bin's nur«, flüsterte das Wesen. Es war Mallory im Nachthemd. »Ich glaube, ich habe dein Eichhörnchen gehört.«

Jared stand aus der Hocke auf und wusste nicht genau, ob es feige gewesen war, dass er so schnell reagiert hatte, oder ob es bloß bedeutete, dass seine Reflexe in Ordnung waren. In dem anderen Bett schnarchte Simon leise vor sich hin.

Mallory legte die Hände auf die Hüften. »Komm schon. Es wartet bestimmt nicht darauf, dass wir es fangen.«

Jared schüttelte seinen Zwillingsbruder an der Schulter. »Simon, wach auf. Neues Haustier. Neues Haaauuustier.«

Simon zuckte zusammen und versuchte stöhnend, sich die Bettdecke über den Kopf zu ziehen.

Mallory lachte.

»Simon.« Jared lehnte sich dicht über ihn und sagte übertrieben eindringlich: »Eichhörnchen! Eichhörnchen!«

Simon öffnete die Augen und sah sie wütend an.

»Ich habe geschlafen.«

»Mom ist weggefahren, Milch und Müsli kaufen«, sagte Mallory und zog ihm die Decke weg.

»Sie hat gesagt, ich soll auf euch aufpassen. Wir haben nicht mehr viel Zeit – sie kommt gleich wieder.«

Die drei Geschwister schlichen durch die dunklen Flure ihres neuen Hauses. Mallory ging immer einige Schritte vor und blieb dann stehen, um zu horchen. Immer wieder hörten sie in den Wänden ein Kratzen oder ein Geräusch, das wie das Trippeln kleiner Füße klang.

Je näher sie der Küche kamen, desto lauter wurde das Getrippel. Jared bemerkte, dass die schmutzige Pfanne vom Abendessen mit Resten der Makkaroni mit Käse noch im Spülbecken stand.

»Ich glaube, hier ist es. Hört doch«, flüsterte Mallory.

Das Geräusch brach ab und es war vollkommen still.

Mallory nahm einen Besen und hielt das Ende des Holzstiels wie einen Baseballschläger. »Ich schlage jetzt die Wand ein.«

»Mom sieht das Loch doch, wenn sie nach Hause kommt«, sagte Jared.

»In diesem Haus? Das fällt ihr gar nicht auf.«

»Und wenn du das Eichhörnchen triffst?«, fragte Simon. »Du könntest ihm weh…«

»Schsch«, sagte Mallory. Sie tappte barfuß über den Boden und schwang den Besenstiel gegen die Wand. Der Schlag ging durch den Putz und staubte alles ein wie mit Mehl. Der Staub legte sich auf Mallorys Haare, sodass sie noch gespenstischer aussah. Sie griff in das Loch und brach ein Stück aus der Wand heraus.

Jared ging näher heran. Er bekam eine Gänsehaut auf den Armen.

Stofffetzen füllten die Lücken zwischen den Brettern. Während Mallory weiter Wandstücke abbrach, kam noch mehr zum Vorschein. Vorhangreste. Ein wenig zerfledderte Seide und Spitze. In den Holzbalken steckten Nadeln in einer seltsamen, aufwärts geschwungenen Schlangenlinie. In einer Ecke rollte ein Puppenkopf herum. Tote Kakerlaken waren zu Girlanden aufgefädelt. Winzige Bleisoldaten mit geschmolzenen Händen und Füßen lagen auf den Brettern verstreut wie eine geschlagene Armee. Gezackte, mit altem Kaugummi angeklebte Spiegelscherben glitzerten.

Mallory langte in das Nest und nahm eine Fechtmedaille heraus. Sie war aus Silber und hing an einem breiten blauen Band.

»Ich schlage jetzt die Wand ein.«

»Die gehört mir.«

»Das Eichhörnchen muss sie gestohlen haben«, sagte Simon.

»Nein … das ist ja total verrückt«, sagte Jared.

»Dianna Beckley hatte Frettchen, die ihr immer die Barbiepuppen weggenommen haben«, erwiderte Simon. »Außerdem gibt es viele Tiere, die glänzende Dinge mögen.«

»Aber sieh doch mal hier.« Jared zeigte auf die Kakerlaken. »Welches Frettchen macht sich wohl so eine eklige Deko?«

»Kommt, wir schaffen das Zeug hier raus«, sagte Mallory. »Wenn es kein Nest mehr hat, können wir es vielleicht leichter vom Haus fern halten.«

Jared zögerte. Er hatte keine Lust, die Hände in die Wand zu stecken und darin herumzuwühlen. Und wenn es noch da war und ihn biss? Er kannte sich zwar nicht aus, aber er glaubte wirklich nicht, dass Eichhörnchen normalerweise so unheimlich waren. »Ich finde, wir sollten das nicht tun.«

Mallory hörte gar nicht zu. Sie schleppte schon einen Mülleimer herbei. Simon holte den muffigen Stoff klumpenweise heraus.

»Hier sind auch keine Köttelchen, das ist schon seltsam.« Simon ließ die erste Ladung fallen und zog erneut eine Hand voll Zeug aus der Wand. Als ihm die Soldaten in die Finger fielen, machte er eine Pause. »Die sind cool, was, Jared?«

Jared nickte zustimmend. »Mit Händen wären sie allerdings besser.«

Simon steckte mehrere Soldaten in seine Schlafanzugtasche.

»Simon?«, fragte Jared. »Hast du schon mal von so einem Tier gehört? Ich meine, einiges von dem Zeug hier ist richtig alt, oder? Als wäre dieses Eichhörnchen so verrückt wie Tante Lucy.«

»Yeah, völlig durchgeknallt«, sagte Simon und kicherte.

Mallory stöhnte, dann war sie plötzlich still.

»Ich höre wieder was.«

»Was?«, fragte Jared.

»Das Geräusch. Schsch. Da drüben.« Mallory griff erneut nach dem Besen.

»Ruhe«, flüsterte Simon.

»Wir sind doch ruhig«, zischte Mallory zurück.

»Psst«, sagte Jared.

Die drei schlichen zu der Stelle, wo das Geräusch herkam, aber genau in dem Moment änderte es sich. Statt kleiner Krallen, die auf Holz scharrten, hörten sie jetzt deutlich das Kratzen von Nägeln auf Metall.

»Seht mal.« Simon bückte sich und berührte eine kleine eingebaute Schiebetür an der Wand.

»Das ist ein Speisenaufzug«, sagte Mallory. »Früher schickten die Diener darin Tabletts mit Frühstück und so was hoch. In einem der Schlafzimmer muss es noch so eine Tür geben.«

»Es hört sich so an, als wäre das Wesen im Schacht«, sagte Jared.

Mallory schob die Tür auf und lehnte sich ganz in die kleine Metallkiste. »Ich bin zu groß. Einer von euch muss da rein.«

Simon sah sie skeptisch an. »Ich weiß nicht. Und wenn die Seile nicht mehr richtig halten?«

»Tief kann man nicht fallen«, sagte Mallory. Die beiden Jungen schauten sie erstaunt an.

»Na gut, ich mach's.« Jared freute sich, dass es etwas gab, das Mallory nicht konnte. Sie wirkte ein wenig ungehalten. Simon sah einfach nur besorgt aus.

Drinnen war es schmutzig und es roch nach altem Holz. Jared schlug die Beine unter und neigte den Kopf. Er passte hinein, aber nur knapp.

»Ist das Eichhörnchendings immer noch im Schacht?« Simons Stimme klang dünn und fern.

»Weiß ich nicht«, sagte Jared leise und lauschte seinem eigenen Echo. »Ich höre gar nichts.«

Mallory zog am Seil. Es ruckte und rüttelte, dann setzte sich der Speisenaufzug mit Jared in Bewegung. Es ging aufwärts durch die Wand. »Kannst du was sehen?«

»Nein«, rief Jared. Er hörte das Kratzgeräusch, aber aus der Ferne. »Hier ist alles vollkommen schwarz.«

Mallory kurbelte den Speisenaufzug wieder herunter.

»Irgendwo muss es doch hier Licht geben.« Sie zog einige Schubladen auf und fand schließlich einen weißen Kerzenstummel und ein Marmeladenglas. Sie drehte einen Herdschalter und zündete den Docht an einem der Gasbrenner an. Dann ließ sie ein wenig heißes Wachs in das Glas tropfen und steckte die Kerze darauf. »Hier, Jared. Halt das fest.«

»Mallory, ich höre das Dings nicht mal mehr«, sagte Simon.

»Vielleicht versteckt es sich«, sagte Mallory und riss an dem Seil.

Jared versuchte, tiefer in den Speisenaufzug zu kriechen, aber dafür war nicht genügend Platz. Er wollte den anderen sagen, dass das Ganze blöd war und er eigentlich Angst hatte, aber er schwieg und ließ sich in die Dunkelheit hochziehen, die behelfsmäßige Laterne in der Hand.

Die Metallkiste bewegte sich in der Wand ein Stück nach oben. Der Schein des kleinen, flackernden Kerzenlichts brachte nicht viel. Das Eichhörnchendings hätte direkt neben ihm sein können, praktisch in Reichweite, ohne dass er es auch nur gemerkt hätte.

»Ich sehe überhaupt nichts«, rief er nach unten. Konnten die anderen ihn hören?

Es ging nur langsam aufwärts. Jared hatte das Gefühl, kaum noch Luft zu bekommen. Er drückte die Knie an die Brust und hatte wegen der unbequemen Haltung schon Krämpfe in den Füßen. Dabei überlegte er, ob die Kerze ihm eigentlich den wenigen verfügbaren Sauerstoff nahm.

Plötzlich blieb der Speisenaufzug mit einem Ruck stehen. Etwas kratzte an der Metallkiste.

»Weiter geht's nicht«, rief Mallory den Schacht hinauf. »Siehst du was?«

»Nein«, sagte Jared, »ich glaube, er ist stecken geblieben.«

Das Kratzen wurde stärker, als wollte sich etwas von oben mit den Krallen in den Speisenaufzug hereinarbeiten. Jared heulte auf und versuchte, von innen dagegenzuklopfen – in der Hoffnung, das Dings in die Flucht zu jagen.

Die Metallkiste bewegte sich in der Wand.

Auf einmal wusste Jared nicht mehr, wo er war.

Ebenso plötzlich glitt der Aufzug noch ein kleines Stückchen höher und blieb dann erneut stehen, diesmal in einem vom Mondschein matt erleuchteten Zimmer. Das sanfte Licht fiel durch ein einziges kleines Fenster.

Jared kroch aus der Kiste. »Ich hab's geschafft! Ich bin oben!«

Die Zimmerdecke war niedrig und überall an den Wänden standen Bücherregale. Nachdem er sich umgesehen hatte, wurde ihm klar, dass es keine Tür gab.

Auf einmal wusste Jared nicht mehr, wo er war.

Jared schaute sich in dem Zimmer um.

KAPITEL DREI

In dem viele Rätsel aufgegeben werden

Jared schaute sich in dem Zimmer um. Es war eher eine kleine Bibliothek, in deren Mitte ein großer Schreibtisch stand. Darauf lagen ein Buch und eine altmodische Brille mit runden Gläsern, die das Kerzenlicht widerspiegelten. Jared ging darauf zu. In dem trüben Licht konnte er immer nur jeweils einen Buchtitel lesen, während er an den Regalen entlangging. Seltsam waren sie alle: *Historie der schottischen Zwerge, Ein Kompendium von Wichtelheimsuchungen weltweit, Anatomie der Insekten und anderer Flugwesen*.

An einer Ecke des Schreibtisches standen mehrere Glasbehälter mit Beeren und getrockneten Pflanzen. Einer enthielt stumpfe Steine aus dem Fluss. Daneben stand ein Aquarell, auf dem ein kleines Mädchen und ein Mann zu sehen waren, die auf dem Rasen spielten. Jareds Blick fiel auf eine Notiz, die unter einer dünnen Staubschicht gut sichtbar in einem aufgeschlagenen Buch lag. Das Papier war mit der Zeit vergilbt, aber das handgeschriebene kurze Gedicht war noch lesbar:

Finde im Torso eines Menschen mein geheimes Vermächtnis,
Der Menschheit und allen zum ewigen Gedächtnis.
Wenn Wahres und Falsches gleich sich nennen,
Wirst du meinen Ruhm alsbald erkennen.
Höher und höher und höher noch –
Viel Glück wünsch ich, mein Freund, dir doch!

Er nahm es und las es sorgfältig durch. Es kam ihm vor wie eine Botschaft, die nur für ihn hinterlegt worden war. Aber von wem? Was sollte das Gedicht bedeuten?

Von unten hörte er rufen: »Mallory! Simon! Was macht ihr da?«

Jared stöhnte. Ausgerechnet *jetzt* musste Mom vom Einkaufen zurückkommen.

»In der Wand war ein Eichhörnchen«, hörte Jared Mallory sagen.

Ihre Mutter unterbrach sie. »Wo ist Jared?«

Keins seiner Geschwister sagte etwas.

»Holt den Speisenaufzug wieder runter. Wenn euer Bruder da drin ist ...«

Jared rannte zu der Metallkiste und konnte sie gerade noch in der Wand hinunterfahren sehen. Wegen der heftigen Bewegung erstickte seine Kerzenflamme beinahe im Wachs und zischte, aber sie ging nicht aus.

»Siehst du ihn?«, hörte er Simon schwächlich fragen.

Offensichtlich war der Speisenaufzug unten gelandet, leer.

»Nun, und wo ist er dann?«

»Keine Ahnung«, sagte Mallory. »Im Bett, am Schlafen?«

Ihre Mutter seufzte. »Los, ihr zwei, geht auch ins Bett. Aber sofort!«

Jared lauschte ihren davoneilenden Schritten. Sie würden eine Zeit lang warten müssen, bevor sie wieder nach unten schleichen konnten, um ihn zu holen. Allerdings nur, wenn sie nicht davon ausgingen, dass der Aufzug ihn sowieso ganz nach oben gebracht hatte. Wahrscheinlich waren sie wirklich überrascht, ihn *nicht* im Bett zu finden. Woher sollten sie auch wissen, dass er in einem Zimmer ohne Tür in der Falle saß?

Hinter ihm raschelte etwas. Jared wirbelte herum. Es kam vom Schreibtisch.

Als er seine schwache Lampe hochhielt, erkannte Jared, dass etwas einen Satz in den Staub auf der Schreibtischplatte gekritzelt hatte. Einen Satz, der vorher nicht da gewesen war.

Deidideldum, dreh dich auch mal um.

Jared machte einen Satz, die Kerze erlosch. Er stand im Dunkeln und fürchtete sich so sehr, dass er sich kaum rühren konnte. Irgendwas war hier, in diesem Zimmer, und schreiben konnte es auch noch!

Er ging rückwärts zu dem leeren Schacht zurück und biss sich auf die Lippen, um nicht loszuschreien. Unten hörte er Tüten rascheln – seine Mutter packte den Einkauf aus.

»Was bist du?«

»Was ist da?«, flüsterte er in die Dunkelheit hinein. »Was bist du?«

Stille war die einzige Antwort.

»Ich weiß, dass du da bist«, sagte Jared.

Aber er bekam keine Antwort und auch kein Rascheln mehr zu hören.

Dann hörte er seine Mutter auf der Treppe, hörte eine Tür gehen, dann nichts mehr. Nichts außer einer Stille, die so undurchdringlich und schwer war, dass er fast daran erstickte. Er hatte das Gefühl, dass er sich schon verraten würde, wenn er zu laut atmete. Jeden Augenblick konnte das Dings über ihn herfallen.

Im Inneren der Wand knackte es. Überrascht ließ Jared das Gefäß fallen, merkte aber dann, dass es nur der Speisenaufzug war. Er tastete sich durch die Dunkelheit.

»Los, geh rein«, flüsterte seine Schwester den Schacht hoch.

Jared quetschte sich in die Metallkiste. Er war dermaßen erleichtert, dass er von der Fahrt nach unten in die Küche so gut wie nichts mitbekam.

Kaum war er draußen, sprudelte es aus ihm heraus.

»Da war eine Bibliothek! Eine geheime Bibliothek mit seltsamen Büchern. Und da war was drin – es hat etwas in den Staub geschrieben.«

»Pssst, Jared«, sagte Simon. »Wenn Mom uns hört!«

Jared hielt das Stück Papier mit dem Gedicht hoch. »Seht euch das an. Da stehen irgendwelche Anweisungen für uns drauf.«

»Hast du eigentlich auch was *gesehen*?«, fragte Mallory.

»Ich habe die Botschaft im Staub gesehen. Da stand: ›Dreh dich auch mal um‹«, erwiderte Jared heftig.

Mallory schüttelte den Kopf. »Das könnte doch schon seit Jahren da stehen.«

»Nein«, beharrte Jared. »Ich habe den Schreibtisch doch vorher untersucht und da stand nichts geschrieben.«

»Nicht so laut«, sagte Mallory.

»Mallory, ich habe es gesehen!«

Mallory krallte ihre Faust in sein T-Shirt. »Sei still!«

»Mallory! Lass deinen Bruder los!« Ihre Mutter stand oben an der schmalen Küchentreppe. Sie wirkte nicht gerade angetan. »Ich dachte, wir hätten das Ganze schon mal durchgekaut. Wenn ich jetzt noch einen von euch außerhalb eurer Betten erwische, schließe ich euch alle ein.«

Mit Wut im Blick ließ Mallory Jared los.

»Und wenn wir aufs Klo müssen?«, fragte Simon.

»Nun geht schon ins Bett«, sagte ihre Mutter.

Oben gingen Simon und Jared in ihr Zimmer. Jared zog sich die Decke über den Kopf und kniff die Augen zu.

»Ich glaube dir – das mit der Notiz, und alles«, flüsterte Simon, aber Jared antwortete nicht. Er war einfach nur froh, im Bett zu sein. Wenn es nach ihm ginge, würde er erst in einer Woche wieder aufstehen.

»Hack sie einfach durch!«

KAPITEL VIER

In dem Antworten geliefert werden, wenngleich nicht unbedingt auf die richtigen Fragen

Jared wurde davon wach, dass Mallory schrie. Er sprang aus dem Bett und raste durch den Flur, überholte Simon und rauschte ins Zimmer seiner Schwester. Ihre langen Haarsträhnen waren an das Kopfende aus Messing geknotet. Sie war rot im Gesicht, aber am schlimmsten war das seltsame Muster aus blauen Flecken auf ihren Armen. Ihre Mutter saß auf der Matratze und zupfte an den Knoten herum.

»Was ist passiert?«, fragte Jared.

»Hack sie einfach durch!«, schluchzte Mallory. »Schneid sie ab. Ich will aus diesem Bett raus! Ich will aus diesem Haus raus! Ich hasse das alles hier!«

»Wer war das?« Ihre Mutter sah Jared wütend an.

»Weiß ich nicht!« Jared schaute zu Simon hinüber, der verwirrt auf der Schwelle stand. Es musste dieses Dings aus den Wänden gewesen sein.

Die Augen ihrer Mutter wurden riesengroß. Es sah Furcht erregend aus.

»Jared Grace, ich habe gesehen, wie du dich gestern Abend mit deiner Schwester gestritten hast!«

»Mom, ich war es nicht. Ehrlich.« Dass seine Mutter ihm so etwas zutraute, schockte Jared. Mallory und er stritten andauernd, aber das hatte nichts zu bedeuten.

»Hol die Schere, Mom!«, brüllte Mallory.

»Raus. Das gilt für euch beide. Jared, mit dir rede ich später noch.« Mrs Grace wandte sich wieder ihrer Tochter zu.

Mit klopfendem Herzen ging Jared aus dem Zimmer. Bei dem Gedanken an Mallorys verknotete Haare konnte er ein Schaudern nicht unterdrücken.

»Du glaubst, es war das Dings, stimmt's?«, fragte Simon, als sie in ihr Zimmer zurückgingen.

Jared sah seinen Bruder bestürzt an.

»Du etwa nicht?«

Simon nickte.

»Ich denke immer noch über das Gedicht nach, das ich gefunden habe«, sagte Jared. »Mehr haben wir ja nicht in der Hand.«

»Und wie soll so ein blödes Gedicht uns weiterhelfen?«

»Keine Ahnung«, seufzte Jared. »Du bist doch der

Schlaue von uns beiden. Eigentlich wäre es deine Sache, das Rätsel zu knacken.«

»Wieso ist uns beiden nichts passiert? Oder Mom?«

Darüber hatte Jared überhaupt noch nicht nachgedacht. »Keine Ahnung«, sagte er wieder.

Simon schaute ihn eine Weile an.

»Gut. Was denkst *du* denn?«, fragte Jared.

Simon ging langsam aus dem Zimmer und sagte: »Ich weiß nicht, was ich denke. Ich gehe mal los und versuche, ein paar Grillen zu fangen.«

Jared sah ihm nach und überlegte, was er tun könnte. War er wirklich in der Lage, selbst etwas herauszufinden?

Beim Anziehen dachte er über das Gedicht nach. »Höher und höher und höher noch« war noch der einfachste Vers, aber was sollte das genau bedeuten? Höher im Haus? Höher aufs Dach? Höher in einem Baum? Vielleicht hatte irgendein alter toter Verwandter dieses Gedicht ja auch nur so herumliegen gehabt – was ihm nun gar nicht weiterhelfen würde.

Da aber Simon jetzt seine Tiere fütterte und Mallory aus

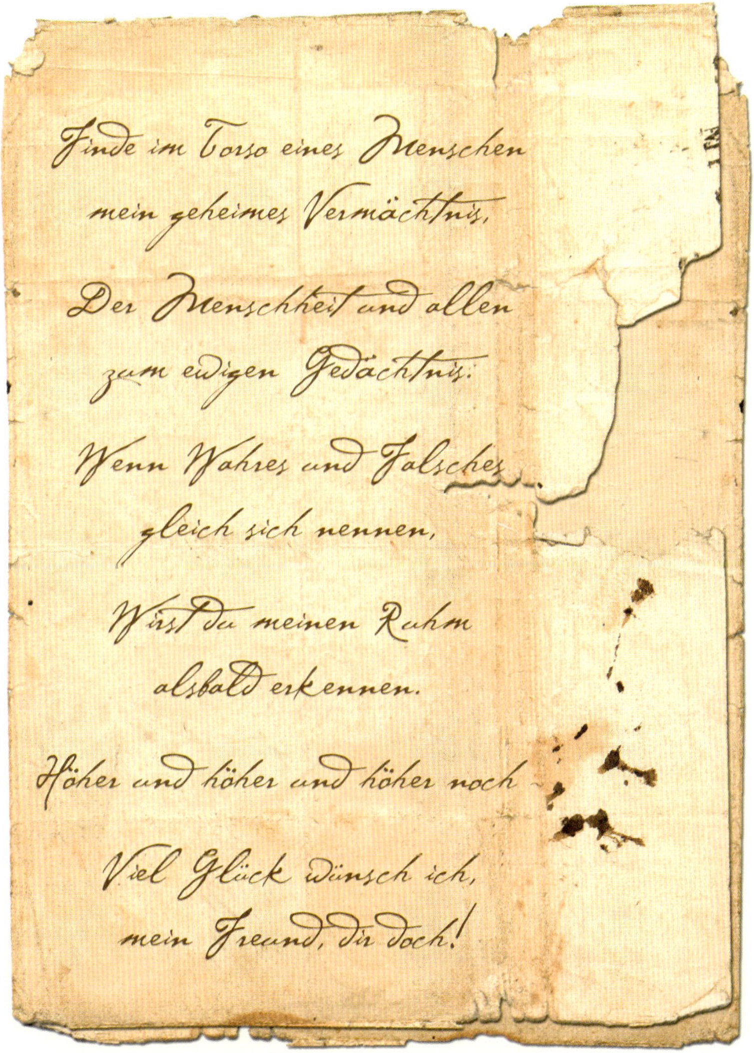
Finde im Torso eines Menschen
mein geheimes Vermächtnis.

Der Menschheit und allen
zum ewigen Gedächtnis.

Wenn Wahres und Falsches
gleich sich nennen,

Wirst du meinen Ruhm
alsbald erkennen.

Höher und höher und höher noch

Viel Glück wünsch ich,
mein Freund, dir doch!

Handschriftliche Notiz, entdeckt von Jared Grace in Arthur Spiderwicks geheimer Bibliothek.

ihrem Bett befreit wurde, hatte er schließlich nichts Besseres zu tun, als zu überlegen, wie viel »höher und höher und höher noch« er wohl gehen musste.

In Ordnung. Vielleicht war es ja doch nicht der einfachste Hinweis, aber Jared fand, es könne nicht schaden, höher zu steigen, höher als in den zweiten Stock, nämlich bis unters Dach.

Die Treppenstufen waren so abgenutzt, dass sämtliche Farbe abgeblättert war, und

manche knarrten so dramatisch, dass er Angst hatte, sie würden unter seinem Gewicht zusammenbrechen.

Das Dachgeschoss bestand aus einer großen Mansarde mit schrägen Decken. Durch ein klaffendes Loch im hinteren Boden konnte er in eins der unbenutzbaren Schlafzimmer sehen.

An einer Wäscheleine aus dünnem Draht, die über die ganze Breite der Mansarde gespannt war, hingen alte Kleidersäcke. An den Dachsparren hingen Vogelkäfige in Hülle und Fülle. In einer Ecke stand einsam eine Kleiderpuppe mit einem Hut auf ihrem Knubbelkopf. Und in der Mitte des Raumes war eine Wendeltreppe.

Höher und höher und höher noch. Jared nahm zwei Stufen auf einmal.

Oben betrat er ein helles, kleines Zimmer mit Fenstern an allen Seiten. Als er hinausschaute, sah er unter sich das verwitterte, abgestoßene Schieferdach. Er sah den Kombi seiner Mutter auf der Kieseinfahrt. Er sah sogar das Kutscherhaus und den Rasen, der sich bis zum Wald erstreckte. Dies musste der Teil des Hauses sein, um dessen Spit-

Höher und höher und höher noch

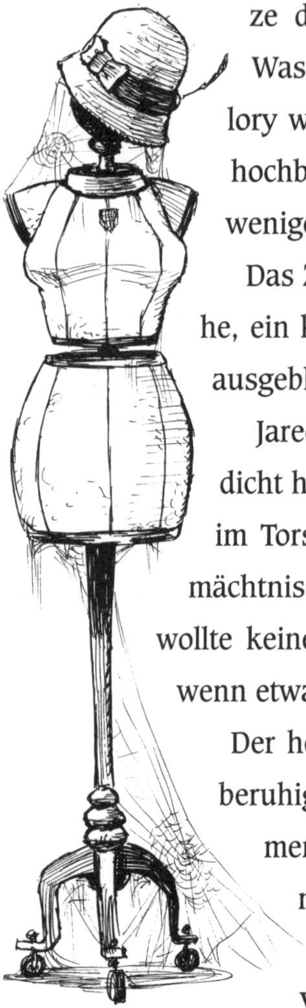

ze das merkwürdige Eisengeländer verlief. Was für ein wunderbares Haus! Sogar Mallory würde beeindruckt sein, wenn er sie hier hochbrachte. Vielleicht würde sie sich dann weniger über ihre Haare aufregen.

Das Zimmer war karg möbliert. Eine alte Truhe, ein kleiner Stuhl, ein Fonograf und mehrere ausgeblichene Stoffballen.

Jared setzte sich, holte das zerknitterte Gedicht heraus und las es noch mal durch. »Finde im Torso eines Menschen mein geheimes Vermächtnis.« Diese Verse machten ihn nervös. Er wollte keinen alten toten Körper finden, nicht mal wenn etwas echt Cooles darin läge.

Der helle gelbe Sonnenschein auf dem Boden beruhigte ihn. In Filmen geschahen die schlimmen Dinge selten bei Tageslicht; und dennoch konnte er sich noch nicht dazu entschließen, die Truhe zu öffnen.

Vielleicht sollte er rausgehen und Simon

dazu bringen, mit ihm hier hochzukommen. Und wenn der Kasten leer war? Oder wenn das Gedicht gar nichts mit Mallorys verknoteten Haaren und den blauen Flecken zu tun hatte?

Da er nicht wusste, was er sonst tun sollte, kniete er nieder und wischte die Spinnweben und den Schmutz vom Deckel der Truhe. Schwere, verrostete Metallbänder verliefen in Streifen über dem Leder. Er konnte es sich ja wenigstens mal ansehen. Vielleicht verstand er den Hinweis besser, wenn er erst mal wusste, was drin war.

Jared holte tief Luft und schob den Deckel hoch. Die Truhe enthielt uralte, mottenzerfressene Kleidungsstücke. Darunter lagen eine Taschenuhr mit einer langen Kette, eine abgewetzte Mütze und ein Lederranzen mit alten, seltsam aussehenden Bleistiften und Holzkohlestückchen.

Nichts von dem, was in der Truhe lag, sah auch nur im Entferntesten nach einem Geheimnis aus, weder für die Menschheit noch für sonst jemanden.

Noch ähnelte irgendetwas einem toten Körper.

»Finde im Torso eines Menschen mein geheimes Vermächtnis.«

Er blickte wieder auf den Inhalt der Truhe hinunter und dann hatte er es.

Er schaute auf einen Kasten. Der Torso eines Menschen war dessen Brustkasten.

Jared stöhnte frustriert auf. Wie konnte es zugehen, dass er es herausbekommen und doch nichts vorzuzeigen hatte? In der Truhe war nichts Anständiges zu finden und die anderen Verse des Gedichts waren völlig unverständlich. »Wenn Wahres und Falsches gleich sich nennen.« Wie sollte das bloß mit der Wirklichkeit zusammenhängen? Es klang wie ein Wortspiel.

Was konnte denn falsch sein? Irgendwas, das mit dieser Situation zu tun hatte? Oder mit dem Zeug in der Kiste? Die Kiste selbst? Er dachte über Kisten nach und landete gedanklich bei Piraten am Strand, die ihren Schatz tief im kühlen Sand vergruben.

Vergraben! Nicht die Kiste war falsch, sondern der Boden. Eine Kiste mit doppeltem Boden! Wenn er genau hinsah, schien die Kiste innen höher zu sein, als sie sollte. War das wirklich des Rätsels Lösung?

Jared kniete nieder und drückte überall auf dem Boden der Kiste herum. Er zog die Finger durch den Staub, immer auf der Suche nach Fugen, durch die er vielleicht ein verborgenes Fach aufziehen könnte. Nachdem er nichts gefunden hatte, nahm er sich die Außenwände vor. Als er schließlich mit drei Fingern auf die linke Kante drückte, sprang ein Fach auf.

Außer sich vor Aufregung, griff Jared hinein. Das Fach enthielt nur ein viereckiges, in schmutzigen Stoff geschla-

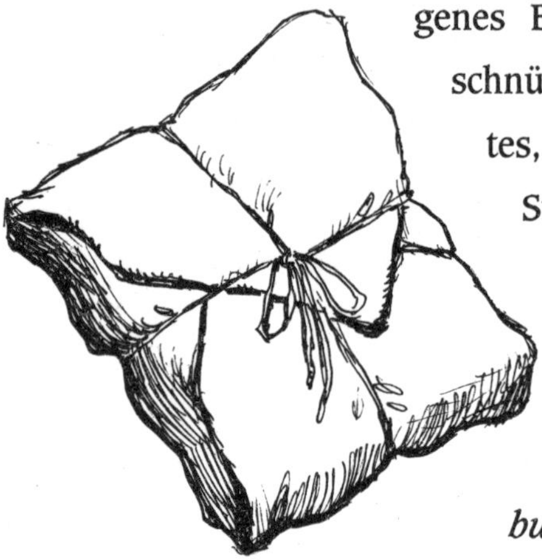

genes Bündel. Er holte es heraus, schnürte es auf und wickelte ein altes, zerlesenes Buch aus der Stoffverpackung. Es roch wie verbranntes Papier. Eine Prägung auf dem braunen Leder verkündete den Titel: *Arthur Spiderwicks Handbuch für die fantastische Welt um dich herum.*

Der Umschlag war an den Ecken eingerissen, und als er das Buch aufschlug, fielen ihm jede Menge Aquarellzeichnungen entgegen. Es war mit Tinte geschrieben, die nach so langer Zeit in der Feuchtigkeit verschmiert und fleckig geworden war. Er blätterte das Buch einmal schnell durch und schaute sich die handschriftlichen Anmerkungen an. Sie waren mit zittriger Hand geschrieben und ähnelten der Schrift in dem Rätsel.

Das Seltsamste jedoch war das Thema. Das Buch enthielt ausführliche Informationen über Elfen.

Das Seltsamste

Er wollte einfach nur weiterlesen.

KAPITEL FÜNF

In dem Jared ein Buch liest und eine Falle stellt

Mallory und Simon lieferten sich draußen auf dem Rasen ein Fechtduell, als Jared sie fand. Mallorys Pferdeschwanz lugte unter ihrem Fechthelm hervor, und Jared bemerkte, dass er kürzer war als vorher. Offensichtlich war sie entschlossen, ihre Schwäche von eben durch einen rücksichtslosen Fechtstil wieder wettzumachen. Simon schien überhaupt nicht zum Zug zu kommen. Er stand schon mit dem Rücken an der Wand des verfallenen Kutscherhauses und seine Paraden wurden immer verzweifelter.

»Ich habe was gefunden!«, rief Jared.

Simon verdrehte den behelmten Kopf nach ihm. Diese Gelegenheit nutzte Mallory zum Angriff und setzte ihm die Gummispitze ihres Floretts auf die Brust.

»Drei zu null«, sagte Mallory. »Ich habe dich fertig gemacht.«

»Du hast gemogelt«, warf er ihr vor.

»Du hast dich ablenken lassen«, konterte Mallory.

Simon zog sich den Helm vom Kopf, warf ihn hin und sah Jared an.

»Vielen herzlichen Dank.«

»Entschuldigung«, sagte Jared automatisch.

»Eigentlich fichtst du doch immer mit ihr. Ich bin nur hier vorbeigekommen, weil ich Kaulquappen fangen wollte.« Simon zog ein Gesicht.

»Nun, ich hatte zu tun. Nur weil ich mich nicht um einen Haufen dämlicher Tiere kümmern muss, heißt das noch lange nicht, dass ich nicht auch was zu tun habe«, giftete Jared zurück.

»Haltet die Klappe, alle beide.« Mallory nahm ebenfalls ihren Helm ab. Sie war rot im Gesicht.

»Was hast du gefunden?«

Jared versuchte, sich in seine vorherige Aufregung zurückzuversetzen. »Ein Buch auf dem Speicher. Über Elfen, echte Elfen. Schaut mal, wie hässlich die sind.«

Mallory nahm ihm das Buch aus der Hand und sah es sich an. »Das ist doch Babykram. Ein Märchenbuch.«

Jared verteidigte seinen Fund: »Ist es nicht«, sagte er. »Das ist ein Handbuch. Wie für Vögel, weißt du? Damit man die verschiedenen Arten unterscheiden kann.«

»Du glaubst also, ein Elf hätte meine Haare ans Bett gebunden?«, fragte Mallory. »Mom glaubt, dass du es warst. Sie findet, du verhältst dich merkwürdig, seit Dad gegangen ist. Diese Prügeleien in der Schule, zum Beispiel.«

Simon sagte gar nichts.

»Aber *du* denkst das doch nicht.« Jared hoffte, sie würde ihm beipflichten. »Und du gerätst doch *dauernd* in eine Prügelei.«

Mallory holte tief Luft. »Ich glaube nicht, dass du so dumm warst, das zu tun«, sagte sie mit erhobener Faust, um anzudeuten, was sie mit demjenigen machen würde, der ihr das angetan hatte. »Aber dass es Elfen waren, glaube ich auch nicht.«

Beim Abendessen war ihre Mutter seltsam still, während sie Hühnchen mit Kartoffelpüree auf ihren Tellern verteilte. Mallory sagte auch nicht viel, aber Simon verbreitete sich ausführlich über die Kaulquappen, die er gefunden hatte, und wie sie ruck, zuck! zu Fröschen werden würden, weil sie nämlich schon Arme hätten.

Jared hatte sie gesehen. Sie würden noch eine Weile brauchen. Was Simon Arme nannte, sah eher aus wie Pickel auf einem Fisch.

»Mom?«, fragte Jared schließlich. »Heißt einer unserer Verwandten Arthur?«

Misstrauisch sah die Mutter von ihrem Teller auf. »Nein. Nicht dass ich wüsste. Warum fragst du?«

»Nur so«, murmelte Jared. »Und was ist mit Spiderwick?«

»Das ist der Nachname deiner Großtante Lucinda«, sagte seine Mutter. »Der Mädchenname meiner Mutter. Vielleicht war Arthur ein Verwandter von ihr. Und jetzt erzähl mir, warum du das alles wissen willst.«

»Ich habe ein paar Sachen auf dem Speicher gefunden, das ist alles«, sagte Jared.

»Auf dem Speicher!« Seine Mutter verschüttete beinahe ihren Eistee. »Jared Grace, wie du weißt, ist die gesamte zweite Etage so verfallen, dass ein falscher Tritt genügt, und du landest unten im Wohnzimmer.«

»Ich war nur da, wo es sicher ist«, protestierte Jared.

»Wir wissen gar nicht, ob es auf dem Speicher überhaupt irgendwo sicher ist. Ich will nicht, dass dort oben jemand spielt, und du schon gar nicht«, sagte sie und sah Jared fest an.

Er biss sich auf die Unterlippe. *Und du schon gar nicht.* Bis zum Ende des Abendessens sagte Jared gar nichts mehr.

»Willst du die ganze Nacht darin lesen?«, fragte Simon. Er saß auf seiner Seite des Zimmers. Jeffrey und Lemondrop rannten über die Tagesdecke und seine neuen Kaulquappen hatte er in einem der Aquarien untergebracht.

»Und wenn?«, fragte Jared. Auf jeder brüchigen Seite erfuhr Jared neue, seltsame Dinge. Stimmte es wirklich, dass

Wichtel in ihrem Haus lebten? Und Pixies im Hof? Nixen in dem Bach hinterm Haus? Das Buch ließ sie so wirklich erscheinen. Er wollte im Moment mit niemandem reden, nicht mal mit Simon. Er wollte einfach nur weiterlesen.

»Ich weiß nicht«, sagte Simon. »Ich hätte gedacht, es würde dich inzwischen langweilen. Normalerweise liest du doch nicht so gerne.«

Jared schaute hoch und blinzelte. Das stimmte. Simon war der Leser von ihnen beiden. Jared geriet normalerweise nur in Schwierigkeiten.

Er blätterte um. »Ich kann lesen, was und wann ich will.«

Simon gähnte. »Hast du Angst davor, einzuschlafen? Ich meine, weil heute Nacht etwas passieren könnte?«

»Sieh dir das an.« Jared blätterte zu einer Seite ziemlich weit vorne zurück. »Dieser Elf heißt Wichtelmännchen ...«

»Wie bei Nils Holgersson?«

»Weiß ich nicht«, sagte Jared. »Wie der hier. Schau.« Er hielt Simon die Seite unter die Nase. Auf dem vergilbten Papier war die Tuschezeichnung eines kleinen Mannes zu sehen, der mit einem Staubwedel, gebastelt aus einem Federball und einem langen Nagel, posierte. Neben ihm stand eine bucklige Gestalt. Klein war dieses Männchen auch, aber es hielt eine Glasscherbe in der Hand.

»Was ist denn mit dem da?«, fragte Simon widerwillig fasziniert.

»Dieser Arthur Spiderwick behauptet, das sei ein Irrwicht. Also, Wichtelmännchen sind eigentlich gute Geister, aber wehe, man ärgert sie, dann drehen sie durch. Sie fangen an, richtig scheußliche Dinge zu tun, und man

»Sieh dir das an.«

kann sie nicht daran hindern. Dann werden sie zu Irrwichten. So einen haben wir im Haus, glaube ich.«

»Du glaubst, er ist wütend auf uns, weil wir seine Wohnung kaputtgemacht haben?«

»Yeah, vielleicht. Vielleicht war er aber auch vorher schon ein bisschen bescheuert. Na ja, sieh dir den an« – Jared zeigte auf das Wichtelmännchen –, »das ist eigentlich nicht der Typ, der in einem ekligen Haus mit toten Käfern zur Zierde lebt.«

Simon nickte und betrachtete weiter die Bilder.

»Was meinst du? Du hast dieses Buch ja hier im Haus gefunden«, sagte er, »zeigt das Bild wohl *unseren* Irrwicht?«

»Darauf bin ich noch gar nicht gekommen«, sagte Jared nachdenklich. »Klingt aber logisch, doch.«

»Steht in dem Buch auch, was wir tun sollen?«

Jared schüttelte den Kopf. »Es erwähnt mehrere Arten, ihn zu fangen. Nicht richtig zu fangen, aber ihn zu sehen oder … Beweise zu sammeln.«

»*Jared.*« Simon klang skeptisch. »Mom hat gesagt, wir

Aus dem Handbuch

sollen die Tür schließen und hier bleiben. Wenn ich du wäre, würde ich ihr keinesfalls noch einen Grund zu der Annahme liefern, dass du es warst, der Mallory misshandelt hat.«

»Aber sie denkt sowieso, dass ich es war. Wenn heute Nacht wieder etwas passiert, hält sie mich erst recht für schuldig.«

»Tut sie nicht. Ich werde ihr erzählen, dass du die ganze Nacht hier warst. Außerdem können wir so sichergehen, dass wirklich keinem von uns etwas passiert.«

»Und was ist mit Mallory?«, fragte Jared.

Simon zuckte mit den Achseln. »Ich habe gesehen, dass sie ein Florett mit ins Bett genommen hat. Ich würde mich nicht mit ihr anlegen.«

»Yeah.« Jared ging ins Bett und schlug das Buch wieder auf. »Ich lese noch ein bisschen, ja?«

Simon nickte, stand noch mal auf und brachte die Mäuse in ihre Gläser zurück. Dann ging er wieder ins Bett, brummte »Gute Nacht« und zog sich die Decke über den Kopf.

Beim Lesen wurde Jared immer tiefer in die fremde Welt der Wälder und Flüsse hineingesogen, in der es nur so wimmelte von Geschöpfen, die ihm so nah erschienen, beinahe als könne er die wasserglatten Schuppenbeine der Meerjungfrauen streicheln. Als spüre er den heißen Atem des Trolls und höre die grollenden Schmiedeöfen der Zwerge.

Erst spät in der Nacht blätterte er die letzte Seite um. Simon hatte sich zusammengerollt, sodass Jared nur seine Haare sehen konnte. Jared lauschte angestrengt, aber das Haus lag still bis auf den Wind, der durch das Dach über ihren Köpfen pfiff, und das Wasser, das durch die Leitungen gurgelte. Kein Getrippel, kein Geschrei. Sogar Simons Viecher schliefen.

Jared blätterte zu der Seite, auf der geschrieben stand: *Irrwichte ergötzen sich daran, jene zu quälen, die sie einst schützten, und lassen die Milch sauer werden, Türen schlagen, Hunde humpeln und dergleichen böse Streiche mehr.*

Simon glaubte ihm – irgendwie jedenfalls –, aber Mallory und seine Mutter eher nicht. Außerdem waren Simon und er Zwillinge. Also zählte es eigentlich nicht, dass Simon ihm glaubte. Jared sah sich den Vorschlag im Buch noch mal an:

Eine Möglichkeit, Fußspuren zu erhalten, besteht im Bestreuen des Bodens mit Mehl oder Zucker.

Wenn er Fußspuren vorweisen könnte, würden sie ihm glauben müssen.

Jared öffnete die Tür und schlich nach unten. In der Küche war es dunkel und still. Auf Zehenspitzen lief er über die kalten Fliesen zu der Ablage, wo seine Mutter in einem alten Apothekerglas das Mehl aufbewahrte. Er holte mehrere Hand voll heraus und verstreute es großzügig auf dem Boden. Besonders beeindruckend sah es nicht aus. Er war sich nicht sicher, wie gut man darin Fußspuren erkennen können würde.

Vielleicht lief der Irrwicht auch gar nicht über den Küchenfußboden. Bis jetzt hielt er es eher damit, sich innerhalb der Wände fortzubewegen. Jared dachte darüber nach, was er in dem Buch über Irrwichte gelernt hatte. Bösartig. Hasserfüllt. Schwer loszuwerden.

Es war dunkel und still.

Als Wichtelmännchen waren sie nett und hilfsbereit. Sie erledigten alle möglichen Aufgaben für ein Schüsselchen Milch. Wer weiß … Jared ging zum Kühlschrank und goss ein wenig Milch auf eine Untertasse. Wenn er sie hier stehen ließ, würde die Milch das Wesen vielleicht aus der Wand herauslocken, und dann würde es in dem Mehl Fußspuren hinterlassen.

Als er aber die Untertasse mit Milch so auf dem Boden stehen sah, konnte er nicht umhin, sich gleichermaßen ein bisschen mies und ein bisschen verrückt vorzukommen. Es war schon seltsam genug, dass er hier unten war und eine Falle für ein Dings aufstellte, an das er wahrscheinlich vor zwei Wochen selbst nicht geglaubt hätte.

Und mies kam er sich vor, weil … nun ja, er wusste eben, wie es sich anfühlte, wenn man stinkwütend war, und er wusste auch, wie leicht man dann Streit anfing, obwohl man eigentlich auf jemand anderen wütend war. Und er dachte, dass dem Irrwicht vielleicht genauso zumute war.

Dann fiel ihm aber etwas anderes auf. Auf dem Rückweg vom Kühlschrank zurück in den Flur hatte er selbst Fußspuren hinterlassen.

»Schön blöd«, murmelte er und wollte schon den Besen holen, als knisternd das Licht anging.

»Jared Grace!«, ertönte die Stimme seiner Mutter, die oben an der Treppe stand.

Jared drehte sich rasch herum, aber er wusste, wie schuldbewusst er aussah.

»Geh wieder ins Bett«, sagte sie.

»Ich wollte nur …«

Aber sie ließ ihn nicht ausreden. »Sofort, Freundchen. Ab ins Bett!«

Nach kurzem Nachdenken war Jared ganz froh, dass sie ihn gestört hatte. Seine Irrwicht-Idee war wohl doch nicht so der Hit.

Er warf noch einen letzten Blick über die Schulter auf den mehlbestäubten Boden und schlich dann die Treppe hoch.

In der Küche herrschte ein einziges Durcheinander.

KAPITEL SECHS

In dem sie unerwartete Dinge im Gefrierfach finden

Als er die Stimme seiner Mutter hörte, rollte Jared sich auf den Rücken. Sie klang wütend. »Jared, du stehst jetzt wohl besser auf.«

»Was ist los?«, fragte er schläfrig und lugte unter der Bettdecke hervor. Einen Augenblick lang dachte er, er hätte die Schule verschlafen, aber dann fiel ihm ein, dass sie ja umgezogen waren und die neue Schule noch nicht einmal von weitem gesehen hatten.

»Steh auf, Jared!«, sagte seine Mutter. »Tu nicht so, als wüsstest du von nichts! Wir gehen jetzt zusammen runter, und da kannst du dir *ansehen*, was los ist.«

In der Küche herrschte ein einziges Durcheinander. Mallory hatte einen Besen in der Hand und fegte die Scherben einer Porzellanschüssel zusammen. Die Wände waren mit Schokoladensirup und Orangensaft bemalt. Rohe Eier trieften langsam an den Fensterscheiben herunter.

Simon saß am Küchentisch. Auf den Armen hatte er genau die gleichen blauen Flecken wie Mallory am Tag zuvor, und seine Augen waren gerötet, als hätte er geweint.

»Nun?«, fragte seine Mutter erwartungsvoll.

»Ich – ich war das nicht«, sagte Jared und sah sie der Reihe nach an. Sie konnten doch nicht wirklich glauben, dass er das getan hatte, oder?

Und dann sah er sie, dort hinten auf dem Küchenfußboden, neben Müslihaufen und verstreuten Orangenschalen: kleine Spuren im Mehl. Sie waren so groß wie sein kleiner Finger und er konnte deutlich den Abdruck einer Ferse und eine Art Fächer – wie von Zehen – erkennen.

»Seht mal«, sagte Jared und zeigte darauf. »Seht doch. Kleine Fußspuren.«

Mallory schaute zu ihm auf, ihre Augen waren schmal vor Wut.

»Halt bloß die Klappe, Jared. Mom hat gesagt, sie hat dich letzte Nacht hier unten gesehen. Diese Fußspuren hast du doch gemacht!«

»Habe ich nicht!«, schrie Jared zurück.

»Warum siehst du nicht mal im Kühlschrank nach, hm?«

»Was?«

Simon gab einen besonders feucht klingenden Schluchzer von sich.

Ihre Mutter nahm Mallory den Besen aus der Hand und begann, Müsli und Mehl aufzukehren.

»Nicht, Mom, die Fußspuren«, sagte Jared, aber seine Mutter beachtete ihn gar nicht. Zweimal den Besen geschwungen und sein gesamtes Beweismaterial landete auf dem Müll.

Mallory öffnete die Kühlschranktür. Jede einzelne von Simons Kaulquappen war in einem Eiswürfel eingefroren. Daneben lag, mit Tinte auf einen Pappfetzen der Müslipackung geschrieben, folgende Nachricht:

Mäuse vereist – echt dreist

»Und Jeffrey und Lemondrop sind auch verschwunden!«, sagte Simon.

»So, und jetzt erzähl uns mal, was du mit den Mäusen deines Bruders angestellt hast«, forderte seine Mutter.

»Mom, ich war das nicht. Wirklich nicht.«

»Mom, ich war das nicht.«

Mallory packte Jared an der Schulter. »Ich weiß nicht, was du vorhast, aber du wirst es noch bereuen.«

»Mallory«, sagte ihre Mutter warnend. Seine Schwester ließ ihn los, aber ihr Blick versprach, dass die Prügel nur aufgeschoben und nicht aufgehoben waren.

»Ich glaube nicht, dass Jared das getan hat«, sagte Simon schniefend. »Ich glaube, es war der Irrwicht.«

Ihre Mutter schwieg. Ihrem Gesichtsausdruck nach bestand Jareds schlimmste Sünde darin, dass er Simon dazu gebracht hatte, so was zu glauben. »Jared«, sagte sie, »bring jetzt diesen Müll raus. Falls das hier ein Witz sein sollte, wollen wir doch mal sehen, wie witzig du es findest, für den Rest des Tages aufzuräumen.«

Jared ließ den Kopf hängen. Er wusste nicht, wie er sie dazu bringen könnte, ihm zu glauben. Stumm zog er sich an, füllte drei schwarze Müllsäcke und schleppte sie langsam vors Haus.

Draußen war es warm und der Himmel blau. Es duftete nach Kiefernnadeln und frisch gemähtem Gras, aber auch das konnte ihn nicht aufmuntern.

Ein Müllsack blieb an einem Ast hängen, und als Jared daran zog, riss der Kunststoff. Stöhnend ließ er die Müllsäcke fallen und untersuchte den Schaden. Es war ein langer Riss und der Müll quoll heraus. Erst als er alles wieder aufsammeln wollte, merkte er, was es war: die Einrichtung des Nests in der Wand!

Er schaute sich die verschlissenen Stofffetzen an, den Puppenkopf und die Stecknadeln mit den Perlenköpfchen. Bei Tageslicht entdeckte er noch mehr Dinge, die er zuvor nicht gesehen hatte.

Ein Rotkehlchenei war dabei gewesen, jetzt war es zerbrochen. Überall lagen kleine Zeitungsschnipsel herum, auf denen jeweils ein seltsames Wort stand. »Erleuchtend« stand auf einem, »Selbstgespräch« auf einem anderen.

Jared sammelte alle Nestteile auf und legte sie sorgfältig beiseite. Wäre es möglich, dem Irrwicht ein neues Haus zu bauen? Könnte ihm das wichtig sein? Könnte es ihn dazu bewegen, aufzuhören?

Er dachte daran, wie sehr Simon geweint hatte,

und an die armen, dummen, zu Eiswürfeln gefrorenen Kaulquappen. Er wollte dem Irrwicht nicht helfen. Er wollte ihn fangen und hauen und dafür sorgen, dass es ihm Leid täte, jemals aus der Wand gekommen zu sein.

Während er weitere Säcke auf den Rasen vor dem Haus schleppte, schaute er im Vorbeigehen immer wieder auf den Haufen mit den Sachen des Irrwichts. Da er sich noch nicht entschieden hatte, ob er sie verbrennen, zurückgeben oder sonst was damit machen sollte, trug er sie erst mal ins Haus.

Seine Mutter stand im Hauseingang und wartete auf ihn.

»Was ist das denn?«, fragte sie.

»Nichts«, antwortete Jared.

Ausnahmsweise fragte sie nicht weiter. Jedenfalls nicht in Bezug auf den Müllhaufen in seinen Händen.

»Jared, ich weiß, dass du durcheinander bist, weil dein Vater gegangen ist. Das sind wir alle.«

Jared starrte verlegen auf seine Schuhe.

Er entdeckte noch mehr Dinge.

Nur weil er durcheinander war, seit sein Vater gegangen war, hieß das noch lange nicht, dass er ihr neues Haus verwüstete oder seinen Bruder grün und blau kniff oder die Haare seiner Schwester ans Kopfende knotete. »Und?«, fragte er in der Annahme, ihr Schweigen bedeute, dass sie eine Antwort erwartete.

»Und?«, wiederholte sie. »Du musst lernen, dich nicht länger von deiner Wut beherrschen zu lassen, Jared Grace. Deine Schwester verarbeitet die Dinge beim Fechten, und dein Bruder hat seine Tiere, aber du ...«

»Ich war's nicht«, sagte Jared. »Warum glaubst du mir nicht? Wegen der Prügelei in der Schule?«

»Ich muss zugeben«, sagte seine Mutter, »dass ich wirklich schockiert war zu hören, dass du einem Jungen die Nase gebrochen hast. Darüber rede ich ja gerade. Simon prügelt sich nicht. Und du hast es auch nicht getan, solange dein Vater noch da war.«

Er betrachtete seine Schuhe noch eingehender.

»Darf ich jetzt reingehen?«

Sie nickte, hielt ihn dann aber noch mal an der Schulter

fest. »Wenn hier noch mehr passiert, muss ich mit dir irgendwo hingehen. Hast du verstanden?«

Jared nickte, aber ihm war seltsam zumute. Er dachte daran, was er über Tante Lucy und die Klapse gesagt hatte, und plötzlich tat es ihm sehr, sehr Leid.

»Mallory, nein!«

KAPITEL SIEBEN

In dem das Schicksal der Mäuse aufgeklärt wird

Ihr müsst mir echt helfen«, sagte Jared. Sein Bruder und seine Schwester lagen auf dem Teppich vor dem Fernseher. Sie hatten beide eine Fernbedienung, und von seinem Standort aus konnte er sehen, wie die Farben über ihre Gesichter huschten, sobald sich der Bildschirm veränderte.

Mallory schnaubte, antwortete aber nicht. Jared verbuchte das als positive Antwort. Beim jetzigen Stand der Dinge galt alles, was nicht mit fliegenden Fäusten einherkam, als positive Antwort.

»Ich weiß, du denkst, ich war's«, sagte Jared und schlug das Buch auf der Seite mit den Ausführungen über Irrwichte auf.

»Aber ehrlich, ich war's nicht. Ihr habt doch das Dings in der Wand gehört. Dazu kommen die Nachricht auf dem

Schreibtisch und die Fußabdrücke im Mehl. Erinnert ihr euch noch an das Nest? Wisst ihr noch, wie ihr zwei alles aus diesem Nest herausgezogen habt?«

Mallory stand auf und schnappte sich das Buch.

»Gib es zurück«, flehte Jared und langte danach.

Mallory hielt es über ihren Kopf. »Mit dem Buch hat der ganze Mist angefangen.«

»Nein!«, sagte Jared. »Das stimmt nicht. Ich habe das Buch erst gefunden, nachdem deine Haare festgeknotet waren. Gib es mir zurück, Mallory. Bitte gib's mir zurück.«

Sie hielt das Buch an den Seiten mit beiden Händen gepackt – bereit, es zu zerreißen.

»Mallory, nein! Nein!« Jared war geradezu sprachlos vor Entsetzen. Wenn ihm nicht schnell etwas einfiel, blieben von dem Buch nur Schnipsel übrig.

»Warte mal«, sagte Simon und stand auf.

Mallory wartete.

»An welche Art Hilfe hast du gedacht, Jared?«

Jared atmete tief ein. »Ich dachte, wenn es sich so aufregt, weil ihr das Nest kaputtgemacht habt, sollten wir ihm vielleicht ein neues Nest bauen. Ich – ich habe ein Vogelhäuschen geholt und ein bisschen was hineingetan. Ich dachte – na ja –, ich dachte, vielleicht will es ja noch nicht mal wirklich hier sein. Vielleicht ist es gerade deshalb besonders wütend.«

»Okay, bevor ich behaupte, dass ich dir glaube«, sagte Mallory und hielt das Buch auf weniger bedrohliche Art fest, »sag mir *genau*, was du von uns willst.«

»Ich brauche euch unbedingt zur Bedienung des Speisenaufzugs«, sagte Jared, »damit ich das Haus nach oben in die Bibliothek bringen kann. Ich denke, dort wäre es sicher.«

»Zeig uns das Haus mal«, sagte Mallory. Die Geschwister folgten Jared in den Flur, wo er es hingestellt hatte.

Es bestand aus einem hölzernen Vogelhäuschen, das so groß war, dass eine Krähe darin hätte übernachten können. Jared hatte es bei den anderen Sachen auf dem Speicher gefunden. Er schob die Rückwand hoch und zeigte ihnen, wie er alles außer den Kakerlaken sorgfältig hergerichtet hatte. An den Wänden hatte er die Zeitungsschnipsel und einige kleine Bilder aus Zeitschriften aufgehängt.

»Hast du das aus Moms Zeitungen ausgeschnitten?«, fragte Simon.

»Yeah«, sagte Jared und zuckte mit den Achseln.

»Du hast dir wirklich viel Arbeit gemacht«, sagte Mallory.

»Heißt das, ihr helft mir?« Jared hätte sie am liebsten gebeten, ihm das Buch zurückzugeben, aber er wollte seine Schwester nicht schon wieder zur Weißglut bringen.

Mallory sah Simon an und nickte.

»Ich möchte aber zuerst gehen«, sagte Simon.

Jared zögerte. »Na gut.«

Leise gingen sie am Arbeitszimmer, in dem ihre Mutter mit Bauarbeitern telefonierte, vorbei in die Küche.

Simon blieb zögernd vor dem Speisenaufzug stehen.

»Glaubt ihr, dass meine Mäuse noch am Leben sind?«

Jared wusste nicht, was er sagen sollte. Er dachte an die Kaulquappen, die zu Eiswürfeln gefroren waren. Er wollte Simon helfen, aber anlügen wollte er ihn nicht.

Simon kniete nieder und kletterte in den Aufzug. Mallory brauchte nicht lange, um ihn in der Wand hochzuziehen. Simon schnappte kurz nach Luft, als es losging, aber dann hörten sie nichts mehr, auch nicht nachdem der Speisenaufzug angehalten hatte.

»Du hast doch erzählt, dass in dem Zimmer ein Schreibtisch und Papiere waren«, sagte Mallory.

»Yeah«, sagte Jared, der nicht genau wusste, worauf Mallory hinauswollte. Wenn sie ihm nicht glaubte, konnte sie ja Simon fragen, wenn er wieder unten war.

»Nun, die müssen doch irgendwie da hineingekommen sein. Und der Schreibtisch war nicht klein, oder? Also muss dort ein Erwachsener gearbeitet haben – und wie ist der da reingekommen?«

Einen Augenblick lang war Jared verwirrt, dann begriff er, was sie meinte. »Eine Geheimtür?«

Mallory nickte. »Vielleicht.«

Der Aufzug kam wieder herunter und Jared zwängte sich hinein. Das kleine Haus hielt er auf dem Schoß. Mallory kurbelte ihn in dem dunklen Schacht nach oben. Es ging schnell, aber er war doch sehr, sehr froh, als er die Bibliothek vor sich sah.

Simon stand in der Mitte des Zimmers und sah sich staunend um.

Jared grinste. »Na?«

»Ist das cool hier!«, sagte Simon. »So viele Tierbücher.«

In Gedanken bei der Geheimtür, versuchte Jared, sich vorzustellen, wo er sich in der Anordnung der Zimmer hier oben genau befand. Er überlegte, in welcher Richtung wohl der Flur lag.

»Mallory glaubt, hier gibt es eine verborgene Tür.«

Simon ging zu ihm. In dem Zimmer gab es ein Bücherregal, ein großes Bild und einen Schrank an der Wand, die Jared gerade ansah.

»Das Bild«, sagte Simon.

Gemeinsam hängten sie das große Ölgemälde ab. Es stellte einen mageren Mann mit Brille dar, der steif auf einem grün gepolsterten Stuhl saß. Jared überlegte, ob das wohl Arthur Spiderwick sein mochte.

Hinter dem Bild lag nur die glatte Wand.

»Vielleicht sollten wir ein paar Bücher herausnehmen«, schlug Jared vor und zog eins mit dem Titel *Geheimnisvolle Pilze, fantastische Fungi* hervor.

Simon öffnete die Schranktüren. »Hey, sieh dir das an.« Dahinter lag der Wäscheschrank im ersten Stock.

Wenige Minuten später sah sich auch Mallory in dem Zimmer um.

»Echt unheimlich hier«, sagte Mallory.

Simon grinste. »Yeah, und keiner kennt es außer uns.«

»Und dem Irrwicht«, sagte Jared.

»Ist das cool hier!«

Er hängte sein Vogelhaus an einen Wandleuchter. Mallory und Simon halfen ihm, innen alles richtig anzuordnen, und dann legte jeder noch etwas Eigenes in das Häuschen. Jared legte einen Handschuh hinein – den konnte der Irrwicht als Schlafsack benutzen. Simon entschied sich für ein Schälchen, das er früher einmal als Wasserspender für Eidechsen benutzt hatte. Mallory glaubte Jared inzwischen offensichtlich doch ein wenig, denn sie steckte vorsichtig ihre silberne Fechtmedaille mit dem blauen Band hinein.

Als sie fertig waren, überprüften sie das Ganze noch einmal. Sie fanden das Haus wirklich schön.

»Wir sollten eine Nachricht hinterlassen«, schlug Simon vor.

»Eine Nachricht?«, fragte Jared.

»Yeah.« Simon stöberte in den Schreibtischschubladen und entdeckte Papier, einen Füllfederhalter und ein Fässchen Tinte.

»Hey, das sehe ich ja jetzt erst«, sagte Jared. Er wies auf ein Aquarell auf dem Schreibtisch. Das Bild zeigte einen Mann mit einem kleinen Mädchen und darunter stand in verblasster Bleistiftschrift die Widmung »für meine liebe vierjährige Tochter Lucinda«.

»Arthur war also ihr Vater?«, fragte Mallory.

»Sieht so aus«, sagte Simon und schuf auf dem Schreibtisch Platz zum Schreiben.

»Lass mich das machen«, sagte Mallory. »Ihr Jungs braucht doch ewig. Sagt mir nur, was ich schreiben soll.« Sie entkorkte das Tintenfässchen und tauchte den Füllfederhalter hinein. Er kratzte auf dem Papier, aber was sie schrieb, war lesbar.

»Lieber Irrwicht«, begann Simon.

»Findest du das höflich?«, fragte Jared.

»Ich habe es schon hingeschrieben«, sagte Mallory.

»Lieber Irrwicht«, wiederholte Simon, »wir schreiben dir, weil wir uns dafür entschuldigen wollen, dass wir dein erstes Haus kaputtgemacht haben. Wir hoffen, dass dir unser gebasteltes gefällt, und wenn nicht, dass du

trotzdem aufhörst, uns zu kneifen – und andere Dinge zu tun. Und wenn du Jeffrey und Lemondrop bei dir hast, kümmere dich bitte gut um sie, denn es sind liebe Mäuse.«

»Hab ich«, sagte Mallory.

»Na dann«, sagte Jared.

Sie legten die Nachricht neben dem kleinen Haus auf den Boden und verließen den Raum.

In der nächsten Woche hatte keiner von ihnen Zeit, in die Bibliothek zu gehen, noch nicht einmal durch den Wäscheschrank. Tagsüber trabten Bauarbeiter und Umzugshelfer durchs Haus und nachts behielt ihre Mutter sie im Auge. Ja, sie ging sogar so weit, durch die Flure zu patrouillieren.

Inzwischen hatte die Schule angefangen, und es war gar nicht so schlimm, wie Jared befürchtet hatte. Die neue

Schule war klein, aber es gab eine Fechtmannschaft für Mallory, und in den ersten Tagen war noch niemand richtig gemein zu ihnen gewesen. Bis jetzt hatte Jared es geschafft, sich zu benehmen.

Das Beste war, dass nachts niemand mehr angegriffen wurde, und auch das Getrippel in den Wänden hatte aufgehört. Außer Mallorys kürzeren Haaren wies nichts darauf hin, dass überhaupt irgendetwas passiert war.

Nur waren Simon und Mallory jetzt genauso wild darauf, wieder in das Zimmer zu kommen, wie Jared.

An einem Sonntag bot sich endlich die Gelegenheit, als ihre Mutter einkaufen ging und Mallory die Verantwortung übertrug. Kaum war ihre Mutter losgefahren, rannten sie nach oben zum Wäscheschrank.

In der Bibliothek hatte sich kaum etwas verändert. Das Bild lehnte an der Wand, das Vogelhäuschen hing am Wandleuchter, alles schien genauso, wie sie es hinterlassen hatten.

»Der Brief ist weg!«, rief Simon.

»Hast du ihn genommen?«, fragte Mallory Jared.

»Nein!«

Sie hörten ein lautes Räuspern und drehten sich alle drei zum Schreibtisch um. Darauf stand in einem abgetragenen Overall und einem Hut mit breiter Krempe ein Mann, so klein wie ein Bleistift. Seine Augen waren schwarz wie Käfer, er hatte eine große rote Nase und sah dem Bild im Handbuch sehr ähnlich. In der Hand hielt er ein paar Zügel, an denen er zwei graue Mäuse führte, die an der Ecke des Schreibtisches herumschnüffelten.

»Jeffrey! Lemondrop!«, quiekte Jared.

»Thimbletack gefällt sein neues Haus sehr gut«, sagte der kleine Mann, »aber ich bin nicht gekommen, um euch das zu sagen.«

Jared nickte, weil er nicht wusste, was er sagen sollte.

Mallory sah aus, als hätte ihr jemand eine Ohrfeige gegeben und sie hätte es noch nicht richtig gemerkt.

Das Männlein fuhr fort: »Arthur Spiderwicks Buch ist nichts für euresgleichen. Sterbliche lesen darin zu viel über Geister und Zeichen. Wer es behielt, hatte viel zu erleiden – durch Gewalt oder Zauberei, eins von beiden. Werft das Buch fort, übergebt es dem Feuer. Folgt meinem Rat, sonst kommt es euch teuer.«

»Was? Warum denn?«, fragte Jared, aber der kleine Mann tippte sich nur kurz an den Hut und sprang seitwärts vom Schreibtisch. Er tauchte am offenen Fenster in den hellen Sonnenschein und war verschwunden.

Mallory erwachte aus ihrer Trance.

»Darf ich das Buch mal sehen?«, fragte sie.

Jared nickte. Er hatte sich angewöhnt, es immer mit sich herumzutragen.

Mallory kniete nieder und blätterte schneller darin herum, als Jared lesen konnte.

»Hey«, fragte Jared, »was machst du denn da?«

Mallorys Stimme klang seltsam. »Ich habe nur mal geguckt. Ich meine – das Buch ist dick.«

Dünn war das Buch nicht. »Yeah, könnte stimmen.«

»Und all das Geschriebene ... all diese *Dinge* sind wahr und echt? Jared, das ist echt viel echtes Zeug.«

Und in dem Moment verstand Jared plötzlich, was sie

So klein wie ein Bleistift

»Werft das Buch fort.«

meinte. Wenn man es so betrachtete, war es ein dickes Buch, ein riesiges Buch, zu groß, um es zu begreifen. Und was das Schlimmste war, sie standen erst am Anfang.

Die Geschwister und ihre Geschichten
Sind euch nun wohl bekannt.
Doch gibt es noch viel zu berichten
Vom Leben im Elfenland.

Wer treibt sein Wesen im Bach?

Dort unter einer Brücke?

Wo dunkle Gedanken mannigfach

Strotzen vor List und Tücke?

Die Milchzähne unter deinem Kissen,

Holt sie die Zahnfee, klug und beflissen?

Oder ein Böser, schlau und gerissen?

Lies nur weiter, dann wirst du es wissen!

DIE SPIDERWICK GEHEIMNISSE

GEFÄHRLICHE SUCHE

BUCH ZWEI

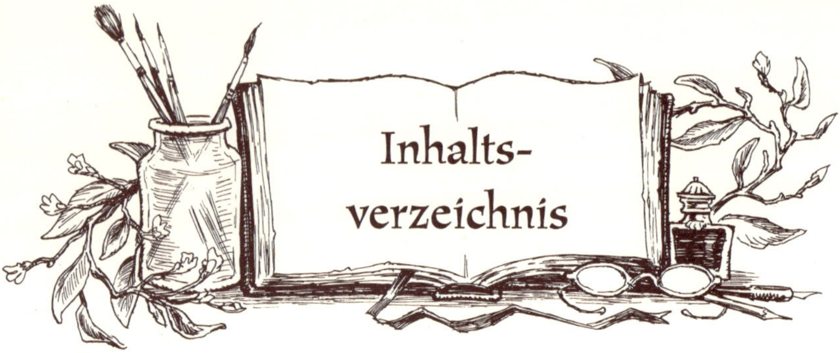
Inhalts-
verzeichnis

Liste der ganzseitigen Illustrationen

Das Haus sah so mies aus, wie Jared sich fühlte.

KAPITEL EINS

In dem nicht nur ein Kater abhanden kommt

Jared Grace stieg am unteren Ende seiner Straße aus dem Spätbus. Von dort ging es bergauf zu dem verfallenen Haus, in dem er mit seiner Familie wohnte, bis seine Mutter etwas Besseres gefunden hatte oder ihre verrückte Tante es zurückhaben wollte. Im Kontrast zu den roten und goldenen Blättern der herabhängenden Zweige am Tor wirkten die grauen Schindeln leblos. Das Haus sah so mies aus, wie Jared sich fühlte.

Er konnte es nicht fassen, dass er so kurz nach Schulbeginn schon nachsitzen musste.

Es war keineswegs so, als würde er sich nicht anstrengen, mit den anderen Kindern auszukommen. Er war nur nicht besonders gut darin. Heute zum Beispiel. Okay, er hatte ein Wichtelmännchen gemalt, während die Lehrerin sprach, aber aufgepasst hatte er trotzdem – mehr oder weniger. Und sie hätte das Bild wirklich nicht vor der ganzen Klasse hochhalten müssen. Danach hatten die Kinder ihn die ganze Zeit geärgert. Bevor er wusste, wie ihm geschah, war er schon dabei, das Heft eines Jungen zu zerreißen.

Er hatte gehofft, dass sich die Dinge in dieser Schule zum Besseren wenden würden. Seit der Scheidung seiner Eltern war schließlich alles immer schlimmer geworden.

Jared ging in die Küche. Sein Zwillingsbruder Simon saß an dem alten Bauerntisch. Vor ihm stand eine Untertasse mit Milch.

Simon blickte auf. »Hast du Tibbs gesehen?«

»Ich bin gerade erst nach Hause gekommen.« Jared ging zum Kühlschrank und nahm einen Schluck Apfelsaft. Der Saft war so kalt, dass er Kopfschmerzen bekam.

»Egal, hast du ihn draußen gesehen?«, fragte Simon. »Ich habe ihn schon überall gesucht.«

Jared schüttelte den Kopf. Der blöde Kater, die neueste

Errungenschaft in Simons Zoo, interessierte ihn nicht. Noch ein Tier, das gestreichelt oder gefüttert werden wollte oder ihm ausgerechnet dann auf den Schoß sprang, wenn er zu tun hatte.

Jared verstand nicht, warum Simon und er so verschieden waren. Im Kino konnten eineiige Zwillinge immer so coole Sachen, zum Beispiel mit einem einzigen Blick die Gedanken des anderen lesen. Im wirklichen Leben lief es darauf hinaus, dass Zwillinge höchstens die gleiche Unterhosengröße hatten.

Ihre Schwester Mallory donnerte mit einer großen Tasche, aus der mehrere Florettgriffe herausschauten, die Treppe herunter.

»Hey, großartig, das mit dem Nachsitzen, du Vollidiot.«

Mallory warf sich die Tasche über die Schulter und ging zur Hintertür. »Immerhin hast du diesmal keinem die Nase gebrochen.«

»Erzähl's bitte nicht Mom, ja?«, flehte Jared.

»Mal sehen. Früher oder später findet sie es sowieso raus.« Mallory zuckte mit den Achseln und rannte über

»Hey, großartig, das mit dem Nachsitzen, du Vollidiot.«

den Rasen vorm Haus. Die neue Fechtmannschaft war offenbar noch ehrgeiziger als die letzte. Mallory trainierte in jeder freien Minute. Das grenzte schon an Besessenheit.

»Ich gehe in Arthurs Bibliothek«, kündigte Jared auf dem Weg zur Treppe an.

»Aber du musst mir helfen, Tibbs zu suchen. Ich habe extra auf dich gewartet.«

»Ich *muss* überhaupt nichts.« Jared nahm zwei Stufen auf einmal.

Im oberen Flur öffnete er den Wäscheschrank und stieg hinein. Hinter Stapeln ausgeblichener, mit Mottenkugeln voll gestopfter Bettlaken lag die Tür zum Geheimzimmer des Hauses.

Drinnen war es dämmrig, weil nur ein einziges Fenster Licht hineinließ, und es roch muffig nach altem Staub. An den Wänden standen Regale mit modernden Büchern. Ein schwerer Schreibtisch mit alten Papieren und Glasbehältern nahm ebenfalls eine Wand ein. Die geheime Bibliothek von Urgroßonkel Arthur – Jareds Lieblingsplatz.

Er warf einen Blick auf das Bild am Eingang. Arthur Spiderwick blickte aus kleinen, hinter einer schmalen, runden Brille verborgenen Augen auf ihn herab. Arthur war noch nicht wirklich alt, machte mit seinem verkniffenen Mund jedoch einen sauertöpfischen Eindruck. Jedenfalls sah er überhaupt nicht aus wie jemand, der an Elfen glaubte.

Jared öffnete die oberste Schublade auf der linken Seite des Schreibtischs und nahm ein in Stoff eingeschlagenes Buch heraus: *Arthur Spiderwicks Handbuch für die fantastische Welt um dich herum*. Er hatte es erst vor wenigen Wochen gefunden, aber es kam ihm vor, als wäre es schon immer seins gewesen. Die meiste Zeit trug er es mit sich herum, manchmal legte er es sogar nachts unters Kopfkissen. Er hätte es auch gerne mit zur Schule genommen, aber er fürchtete, es könnte ihm gestohlen werden.

Aus der Wand kam ein schwaches Geräusch.

»Thimbletack?«, rief Jared leise.

Er wusste nie genau, wann das Wichtelmännchen des Hauses anwesend war.

Jared legte das Buch neben sein neuestes Bild – ein Porträt seines Vaters. Niemand, nicht einmal Simon, wusste, dass Jared angefangen hatte zu zeichnen. Er war nicht besonders gut – genau genommen war er richtig schlecht. Aber das Handbuch war dazu da, Dinge aufzuzeichnen, und um selbst gut dokumentieren zu können, musste er erst mal zeichnen lernen. Nach der heutigen Demütigung hatte er allerdings wenig Lust dazu. Ehrlich gesagt hätte er das Bild seines Vaters am liebsten in tausend Stücke gerissen.

»Ein fauler Duft liegt in der Luft«, sagte eine Stimme nah an Jareds Ohr. »Sei lieber vorsichtig.«

Er wirbelte herum; vor einem der Bücherregale stand in Jareds Augenhöhe ein kleiner nussbrauner Mann in einem Anzug, den er in Puppengröße aus einer Socke geschneidert hatte. Er hielt einen Faden in der Hand, und oben auf dem Regal entdeckte Jared eine glitzernde silberne Nadel, mit deren Hilfe sich das Wichtelmännchen abgeseilt hatte.

»Thimbletack«, fragte Jared, »was ist los?«

»Gibt es Probleme oder keine; schuld seid ihr alleine.«

»Was?«

»Ihr habt das Buch behalten, gegen mein Geheiß. Früher oder später hat das seinen Preis.«

»Das sagst du immer«, sagte Jared. »Und wie teuer war die Socke, aus der du dir deinen Anzug geschnitten hast? Erzähl mir nicht, dass sie Tante Lucinda gehört hat.«

Thimbletacks Augen blitzten. »Dir wird das Lachen noch vergehen, wirst vor den Geistern zittern und verstehen.«

Jared seufzte und ging zum Fenster. Er hatte schon genug Probleme. Von hier aus konnte er das ganze Gelände hinter dem Haus überblicken. Mallory stand am Kutscherhaus, führte Scheingefechte mit ihrem Florett und fuchtelte in der Luft herum. Simon stand ein wenig abseits in der Nähe des Lattenzauns, der den Garten vom Wald abgrenzte. Er hielt die Hände wie eine Sprechmuschel, wahrscheinlich rief er diesen blöden Kater. Dahinter behinderten breite Bäume Jareds Sicht. Die Autobahn, die fern im Tal den Wald zerschnitt, sah aus wie eine schwarze Schlange in hohem Gras.

Thimbletack hielt sich an dem Faden fest und schwang

sich zu ihm hinüber aufs Fenstersims. Er wollte gerade etwas sagen, starrte dann aber wie gebannt aus dem Fenster. Als er seine Stimme endlich wieder gefunden hatte, sagte er: »Kobolde im Wald. Gibt Ärger bald. Zu spät kommt meine Warnung, ihr könnt jetzt nicht mehr fliehen. Ohne Hilfe oder Beistand wird euer Schicksal sich vollziehen.«

»Wo?«

»Am Zaun. Kannst du nicht selber schaun?«

Jared blinzelte und sah in die Richtung, in die das Wichtelmännchen zeigte. Dort stand Simon wie angewurzelt und schaute auf eine seltsame Art ins Gras. Wie gelähmt vor Schreck, beobachtete Jared, wie sein Bruder zu kämpfen begann. Simon drehte und wendete sich, er schlug zu, aber da war gar nichts.

»Simon!« Jared versuchte, das Fenster zu öffnen, doch es war zugenagelt. Er klopfte verzweifelt gegen die Scheibe.

Dann fiel Simon hin und kämpfte im Liegen weiter gegen den unsichtbaren Feind. Einen Augenblick später war er verschwunden.

»Ich kann nichts sehen«, rief Jared Thimbletack zu. »Was ist da los?«

Thimbletacks Augen leuchteten. »Ich hatt's vergessen, doch musst du nicht verzagen, weil eure Augen hier versagen. Einen Ausweg gibt's aus dieser Lage, wenn du bloß tust, was ich dir sage.«

»Du meinst das zweite Gesicht, oder?«

Das Wichtelmännchen nickte.

»Aber wieso kann ich dich sehen, und die Kobolde nicht?«

»Was wir von uns dir zeigen hier, bestimmen einzig und alleine wir.«

Jared griff nach dem Handbuch und blätterte in Windeseile über die Seiten, die er beinahe auswendig kannte: Skizzen, Illustrationen in Aquarellfarben und Notizen in der krakeligen Handschrift seines Onkels.

»Hier«, sagte er.

Das kleine Wichtelmännchen sprang vom Fenstersims auf den Schreibtisch.

Auf der Seite, die Jared gesucht und gefunden hatte, waren mehrere Arten aufgeführt, wie man das zweite Gesicht bekommen konnte. Er überflog schnell den Text. »Rote Haare. Als siebenter Sohn eines siebenten Sohnes geboren werden. Elfenbadewasser.« Bei Letzterem hielt er inne und sah zu Thimbletack hoch, doch das kleine Wichtelmännchen zeigte aufgeregt auf eine Stelle weiter unten. Das Bild sprach für sich, es zeigte einen Stein mit einem Loch in der Mitte – wie ein Ring.

»Was nicht gezeigt wird von allein, enthüllt dir die Linse aus Stein.« Mit diesen Worten sprang Thimbletack vom

Das kleine Wichtelmännchen zeigte aufgeregt auf eine Stelle.

Schreibtisch. Er rutschte über den Boden zu der Tür im Wäscheschrank.

»Wir haben keine Zeit, nach Steinen zu suchen«, rief Jared, folgte ihm dann aber doch – was blieb ihm anderes übrig?

Es roch nach Benzin und Schimmel.

KAPITEL ZWEI

In dem Verschiedenes unternommen wird. Unter anderem ein Test

Thimbletack flitzte über den Rasen und hüpfte von Schatten zu Schatten. Mallory focht noch immer gegen die Wand des Kutscherhauses und hatte der Stelle, wo Simon eben gestanden hatte, den Rücken zugekehrt.

Jared ging von hinten auf sie zu und zog ihr den Kopfhörer am Kabel vom Kopf.

Sie drehte sich um und richtete das Florett auf seine Brust.

»Was?«

»Kobolde haben Simon geschnappt!«

Mallorys Augen wurden schmal. Sie schaute sich auf dem Rasen um. »Kobolde?«

»Wir müssen uns beeilen.« Thimbletack klang wie ein schriller Vogel. »Zu spät zum Verweilen.«

»Komm.« Jared wies auf das Kutscherhaus, wo das Wichtelmännchen wartete. »Sonst kriegen sie uns auch noch.«

»SIMON!«, schrie Mallory.

»Halt die Klappe.« Jared packte sie am Arm, zog sie unsanft ins Kutscherhaus und schloss die Tür. »Die könnten dich hören.«

»Wer könnte mich hören?«, fragte Mallory. »*Kobolde?*«

Jared beachtete sie gar nicht.

Keiner von ihnen war bisher in dem Häuschen gewesen. Es roch nach Benzin und Schimmel. Unter einer Plane stand ein altes schwarzes Auto. Die Regale an den Wänden enthielten Blechbüchsen und halb volle Marmeladengläser mit brauner und gelber Flüssigkeit. Es gab sogar ein paar Boxen, in denen wohl vor langer Zeit Pferde untergebracht waren. In einer Ecke stapelten sich hölzerne Kisten und Schrankkoffer aus Leder.

Thimbletack hüpfte auf einen Farbeimer und zeigte auf die Kisten. »Schnell! Schnell! Gleich ertönt ihr grausiges Gebell!«

»Warum wühlen wir im Müll herum, wenn Simon von Kobolden verschleppt worden ist?«, fragte Mallory.

»Hier«, sagte Jared, hielt ihr das Buch hin und zeigte auf das Bild von dem Stein. »*Danach* suchen wir.«

»Na toll«, sagte sie, »das finden wir locker in diesem Durcheinander.«

»Mach schon«, sagte Jared.

In dem ersten Koffer fanden sie einen Sattel, Zaumzeug, einige Striegel und andere Utensilien der Pferdehaltung. Simon wäre begeistert gewesen. Den nächsten Koffer nahmen sich Jared und Mallory gemeinsam vor. Er war voll gestopft mit altem, verrostetem Werkzeug. Außerdem stießen sie auf Kisten mit Geschirr, Besteck und Gläsern, die in schmutzige Handtücher eingewickelt waren.

»Ich glaube, Tante Lucinda hat noch nie etwas weggeworfen«, meinte Jared.

»Hier ist noch eine«, seufzte Mallory und schob eine kleine Holzkiste heran. Der Deckel sprang an einer staubigen Nut auf und brachte zerknüllte Zeitungen zum Vorschein.

»Mann, sind die alt«, sagte Mallory. »Diese ist von 1910.«

»Ich wusste gar nicht, dass es 1910 schon Zeitungen gab«, sagte Jared.

In jede zerknüllte Zeitung war etwas anderes eingewickelt. In einer entdeckte Jared ein schweres Fernglas. In einer anderen fand er eine Lupe, die das Gedruckte darunter vergrößerte. »Diese ist von 1927. Sie sind alle aus verschiedenen Jahrgängen.«

Jared las noch eine Seite. »›Mädchen ertrinkt in versiegtem Brunnen.‹ Merkwürdig.«

Das seltsamste Okular

»Hey, guck mal.« Mallory strich eine Zeitungsseite glatt. »1885. ›Dorfjunge verschwunden.‹ Angeblich von einem Bären gefressen. Und der Name seines Bruders! ›Arthur Spiderwick.‹«

»Hier ist eins! Das ist seins!«, rief Thimbletack und kletterte in die Kiste. Als er wieder auftauchte, hielt er das seltsamste Okular in der Hand, das Jared jemals gesehen hatte.

Es war nur für ein Auge gedacht und konnte mit einem verstellbaren Kneifer an der Nase befestigt werden. Außerdem hingen zwei Lederbänder und eine Kette daran. Vier durch steifes schwarzes Leder verstärkte Metallklammern konnten jeweils eine, wie auch immer geartete, Linse halten. Das Seltsamste an dem Gerät aber waren mehrere Vergrößerungsgläser an beweglichen Metallarmen.

Thimbletack überließ Jared das Okular, der es eingehend betrachtete. Dann holte er hinter seinem Rücken einen glatten Stein mit einem Loch in der Mitte hervor.

»Die Linse aus Stein.« Jared langte danach.

Thimbletack trat einen Schritt zurück. »Du musst als würdig dich erweisen, den Stein vom Elfen loszueisen.«

Jared starrte ihn entsetzt an. »Wir haben keine Zeit für solche Spielchen.«

»Sei so nett, sag mir nun, dass mit dem Stein wirst du nur Gutes tun.«

»Ich brauche ihn doch wirklich nur, um Simon zu suchen«, sagte Jared. »Danach gebe ich ihn bestimmt sofort zurück.«

Thimbletack zog eine Augenbraue hoch.

Jared startete noch einen Versuch. »Ich verspreche dir, dass ich ihn an niemanden weitergebe – außer an Mallory –, und, na ja, Simon. Gib schon her! Du hast doch von dem Stein angefangen.«

»Ein Menschenjunge ist wie eine Schlange. Sein Versprechen gilt nicht lange.«

Jareds Augen verengten sich zu Schlitzen. Er spürte, wie Wut und Enttäuschung in ihm hochstiegen. Er ballte die Hände zu Fäusten. »Gib mir den Stein.«

Thimbletack schwieg.

»Gib ihn mir.«

»Jared?«, sagte Mallory warnend.

Aber Jared hörte sie kaum. In seinen Ohren rauschte es, als er sich Thimbletack schnappte. Das Wichtelmännchen wand sich in seinem Griff, verwandelte sich plötzlich in

17

Theodore Spiderwick, 10

Dorfjunge verunglückt

Die Polizei bestätigt, dass auch der verschwundene Junge einem Bären zum Opfer gefallen ist

Wie die Polizei in Springfield bestätigte, ist der zehnjährige Theodore Spiderwick, der seit Dienstagabend vermisst wird, ebenfalls einem Bären zum Opfer gefallen. In der jüngsten Vergangenheit waren mindestens drei weitere Kinder von Bären angegriffen und getötet worden.

Arthur, 8, der jüngere Bruder des Opfers, wurde Zeuge des grässlichen Unglücks und gab zu Protokoll, der Bär »sei mindestens zwei Meter groß gewesen, habe riesige Pranken gehabt und wie ein Troll ausgesehen«. Officer K. L. Lewis, der zu dieser Aussage befragt wurde, teilte mit, »der Junge sei außerordentlich mitgenommen und erschüttert« und man müsse davon ausgehen, »dass seine Einbildungskraft mit ihm durchgehe, was nicht zuletzt auf die Verwirrung und die Spekulationen um das Verschwinden seines älteren Bruders Theodore« zurückzuführen sei.

Darüber hinaus bittet Officer Lewis die Bevölkerung darum, »einen wachsamen Blick

Lesen Sie weiter auf Seite 19.

Zeitungsausschnitt aus Pennsylvania mit einem Bericht über das Verschwinden von Arthur Spiderwicks ältestem Bruder Theodore im Jahre 1885. Aus Arthur Spiderwicks Nachlass

eine Eidechse, dann in eine Ratte, die Jared in die Hand biss, und schließlich in einen glitschigen, nassen Aal, der sich wie rasend drehte. Aber Jared war größer und hatte ihn fest im Griff. Am Ende fiel der Stein klackernd zu Boden. Jared stellte seinen Fuß darauf, bevor er Thimbletack freiließ. Das Wichtelmännchen verschwand in dem Moment, in dem Jared den Stein aufhob.

»Das hättest du vielleicht nicht tun sollen«, sagte Mallory.

»Mir doch egal.« Jared steckte den verletzten Finger in den Mund. »Wir müssen Simon finden.«

»Funktioniert das Ding?«, fragte Mallory.

»Mal sehen.« Jared hielt sich den Stein vors Auge und schaute aus dem Fenster.

»Sie kommen direkt auf uns zu.«

KAPITEL DREI

In dem Mallory ihr Florett endlich für einen guten Zweck einsetzen kann

Durch das kleine Loch im Stein sah Jared die Kobolde. Sie waren zu fünft, mit Froschgesichtern und starrend weißen Augen ohne Pupillen. Sie hatten nackte, katzenartige Ohren und Zähne aus zersplittertem Glas und gezackten Steinen. Die grünen, aufgedunsenen Körper zogen rasch über den Rasen auf das Kutscherhaus zu. Einer von ihnen hielt einen schmutzigen Sack, die anderen nahmen wie Hunde in der Luft Witterung auf. Jared wich vom Fenster zurück und fiel dabei beinahe über einen alten Eimer.

»Sie kommen direkt auf uns zu«, flüsterte er und duckte sich.

Mallory umklammerte ihr Florett so fest, dass die Haut an den Knöcheln weiß wurde. »Und Simon?«

»Kann ich nicht sehen.«

Sie hob den Kopf und linste nach draußen.

»Ich sehe *überhaupt nichts*«, sagte sie.

Jared ging in die Hocke und hielt den Stein fest in der Hand. Er konnte die Kobolde hören, da draußen grunzten und schlurften sie und kamen immer näher.

Dann hörte Jared das Geräusch von brechendem morschen Holz.

Ein Stein flog ans Fenster.

»Sie kommen«, flüsterte Jared. Er verstaute das Handbuch im Rucksack, ohne sich die Zeit zu nehmen, ihn zuzumachen.

»Sie kommen?«, antwortete Mallory. »Ich würde sagen, sie sind schon da.«

Krallen kratzten an der Scheunenwand und unter dem Fenster hörten sie mehrmals ein kurzes Bellen. Der

Schreck lag Jared wie Blei im Magen. Er war wie gelähmt.

»Wir müssen irgendwas tun«, hauchte er.

»Schätze, wir müssen zum Haus zurückrennen«, flüsterte Mallory zurück.

»Das geht nicht«, sagte Jared. Er musste ständig an die gezackten Zähne und die Krallen denken.

»Noch ein paar Bretter, und sie sind drin.«

Er nickte wie betäubt und bereitete sich seelisch darauf vor aufzustehen. Mit zitternden Fingern versuchte er, den Stein in das Okular zu fummeln und es an seinem Kopf zu befestigen. Die Klammer kniff ihn in die Nase.

»Auf mein Kommando«, sagte Mallory. »Achtung. Fertig. Los!«

Sie öffnete die Tür und sie rannten auf das Haus zu. Die Kobolde rasten hinter ihnen her. Krallenbewehrte Hände klammerten sich an Jareds Kleidung. Er riss sich los und rannte weiter.

Mallory war schneller. Sie war schon fast an der Haustür, als ein Kobold Jared hinten am Hemd packte und kräftig zerrte. Er flog auf den Bauch ins Gras. Der Stein fiel aus dem Monokel. Jared krallte sich in der Erde fest, so gut es ging, wurde aber nach hinten weggezogen.

Er spürte, dass sich die Umklammerung an seinem Rucksack lockerte, und schrie.

Mallory blieb stehen, drehte sich um und lief dann wieder zu ihm zurück. Sie hatte das Florett noch in der Hand, aber sie hatte keine Ahnung, mit wem oder was sie es zu tun hatte.

Er wurde nach hinten weggezogen.

»Mallory!«, rief Jared. »Nein! Lauf weg!«

Mindestens ein Kobold schien an ihm vorbeigelaufen zu sein, denn er sah einen Ruck an Mallorys Arm und hörte sie aufschreien. Rote Linien bildeten sich an den Stellen, wo die Krallen sie zerkratzten. Der Kopfhörer wurde ihr abgerissen. Sie schwang herum, holte mit dem Florett aus und stach blindlings in die Luft, traf jedoch offenbar niemanden. Sie beschrieb einen Bogen mit der Waffe, erneut, ohne etwas zu treffen.

Jared trat schwungvoll zu und spürte etwas Festes unter seinem Tritt. Der Griff an seinem Bein lockerte sich, sodass er sich nach vorne ziehen und ihnen seinen Rucksack entreißen konnte. Alles fiel heraus, aber es gelang ihm gerade noch rechtzeitig, das Handbuch zu retten. Er tastete im Gras, schnappte sich den Stein und kroch zu Mallory. Dann hielt er den Stein ans Auge und schaute durch das Loch.

»Hinter dir«, rief er, und Mallory wirbelte herum, machte einen Ausfall in die angesagte Richtung und traf einen Kobold am Ohr. Der heulte auf. Florette haben zwar keine Spitze, aber es tut trotzdem weh, wenn man getroffen wird.

»Niedriger, sie sind kleiner.« Jared schaffte es, auf die Beine zu kommen und sich Rücken an Rücken mit Mallory zu postieren. Alle fünf Kobolde umringten sie.

Einer stürzte sich auf sie. »Rechts«, rief Jared.

Mallory streckte den Kobold mühelos nieder.

»Vorne! Links! Links unten!« Sie kamen alle gleichzeitig, und Jared konnte sich nicht vorstellen, wie Mallory das schaffen sollte. Er hob das Handbuch und ließ es mit Wucht auf den nächstbesten Kobold niedersausen.

Boing! Das Buch traf den Kobold immerhin so schwer, dass er rückwärts taumelte.

Mallory hatte ebenfalls zwei niedergeschlagen. Jetzt umkreisten die Kobolde die Kinder vorsichtiger, dabei knirschten sie drohend mit ihren Zähnen aus Glas und Stein.

Dann ertönte ein seltsamer Ruf, eine Mischung aus Bellen und Pfeifen.

Alle fünf Kobolde umringten sie.

Daraufhin zogen sich die Kobolde nacheinander in den Wald zurück.

Jared brach auf dem Rasen zusammen. Er war außer Atem und hatte Seitenstechen.

»Sie sind weg«, sagte Jared und hielt Mallory den Stein hin. »Sieh selbst.«

Mallory setzte sich neben ihn und hielt den Stein ans Auge. »Ich sehe nichts, aber eben habe ich auch nichts gesehen.«

»Sie könnten wiederkommen.«

Jared rollte sich auf den Bauch und schlug das Handbuch auf. In aller Eile blätterte er darin. »Lies das hier.«

»Kobolde treten in vagabundierenden, streitsüchtigen Banden auf.« Bei diesen Worten verzog Mallory das Gesicht.

»Hör mal, Jared: ›Wenn Hunde oder Katzen vermisst werden, ist das ein Zeichen dafür, dass Kobolde in der Nähe sind.‹«

Sie sahen sich kurz an. »Tibbs«, sagte Jared mit Schaudern.

Mallory las laut weiter. »›Kobolde werden ohne Zähne geboren und suchen deshalb Ersatz in den Reißzähnen von Tieren, scharfen Steinen und Glasscherben.‹«

»Aber da steht nichts darüber, wie man sie wieder loswird«, sagte Jared. »Oder wo sie Simon hingebracht haben könnten.«

Mallory blickte unverwandt in das Buch.

Jared versuchte, nicht daran zu denken, was die Kobolde mit Simon anstellen würden. Was sie mit Katzen und Hunden taten, konnte er sich ausmalen, aber er wollte sich auf keinen Fall vorstellen, dass sein Bruder – *gefressen* werden könnte. Sein Blick fiel auf eine Abbildung der schrecklichen Zähne.

Ausgeschlossen. Bestimmt gab es eine andere Erklärung.

Mallory holte tief Luft und zeigte auf das Bild. »Es wird bald dunkel und mit solchen Augen können sie nachts wahrscheinlich besser sehen als wir.«

Das war echt schlau. Jared beschloss, diese Beobachtung ins Handbuch einzutragen, nachdem sie Simon zurückgeholt hatten. Er nahm das Okular ab und schob den Stein wieder an seinen Platz, aber die Klammern waren zu locker.

»Es funktioniert nicht«, sagte er.

»Du musst es richtig einstellen«, sagte Mallory. »Wir brauchen einen Schraubenzieher oder so was Ähnliches.«

Jared holte ein Taschenmesser aus der Hosentasche. Es bestand aus einem Schraubenzieher, einem kleinen Messer, einer Lupe, einer Nagelfeile, einer zusammengeklappten Schere und einem Hohlraum, in dem früher ein Zahnstocher gesteckt hatte. Er schraubte die Klammern sorgfältig fest und legte den Stein in Position.

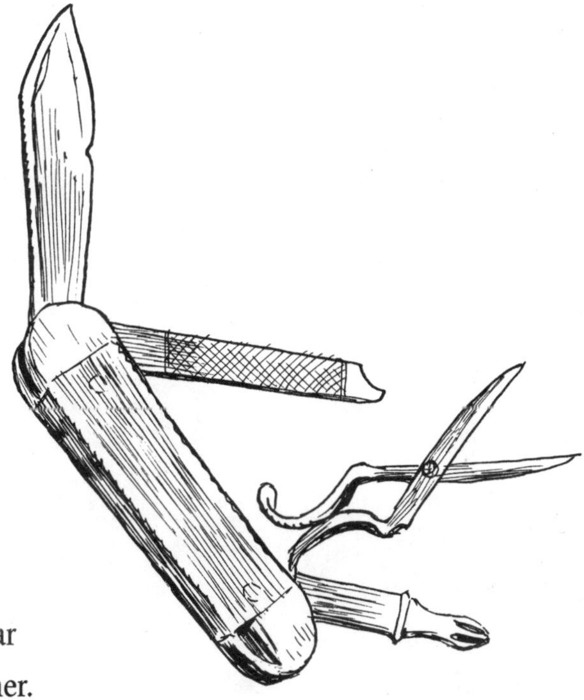

»Ich binde es dir richtig um den Kopf.« Mallory verschnürte die Lederriemen, bis der Monokelapparat passte.

Jared musste ein wenig blinzeln, um scharf zu sehen, aber es war viel besser als vorher.

»Nimm«, sagte Mallory und gab ihm ein Übungsflorett. Es war nicht richtig scharf, deshalb war Jared skeptisch, ob er damit großen Schaden anrichten könnte.

Dennoch fühlte er sich mit einer Waffe besser.

Es wurde Zeit, Simon zu suchen.

Er stopfte das Handbuch wieder in seinen Rucksack, zog die Gurte an und lief mit ausgestrecktem Florett bergab in den dunkler werdenden Wald.

Es wurde Zeit, Simon zu suchen.

Hier war die Luft anders.

KAPITEL VIER

In dem Jared und Mallory vieles finden, nur nicht das, wonach sie suchen

Beim Betreten des Waldes lief es Jared kalt über den Rücken. Hier war die Luft anders, schwer von Grün und Erde, aber das Licht war trübe. Er lief mit seiner Schwester durch ein Gewirr von Springkraut und vorbei an dünnen, üppig berankten Bäumen. Irgendwo über ihren Köpfen trillerte ein Vogel einen schrillen Alarm. Der Boden war rutschig vor Moos. Zweige brachen unter ihrem Schritt und in der Ferne hörte Jared Wasser plätschern. Auf einmal sah er etwas Braunes, eine kleine Eule auf einem niedrig hängenden Ast. Als sie vorbeigingen, neigte sie den Kopf und hackte in eine kleine, schlaffe Maus zwischen ihren Krallen.

Jared drängte sich hinter Mallory durchs Gebüsch. Kleine Kletten hefteten sich an seine Kleidung und in die Haare. Sie schlichen um den morschen Stamm eines gefallenen Baumes, in dem es von schwarzen Ameisen nur so wimmelte.

Seit der Stein richtig saß, hatte sich sein Sehvermögen verändert. Alles war heller und klarer. Aber da war noch etwas.

Im Gras und in den Bäumen bewegte sich etwas, etwas, das er nicht wirklich sehen konnte. Gesichter aus Rinde und Stein und Moos, die er nur für einen Augenblick wahrnahm. Es kam ihm vor, als wäre der ganze Wald belebt.

»Da.« Mallory zeigte mit dem Florett auf zertrampelte Farnwedel. »Sie sind da langgegangen.«

Sie folgten der Spur zertretener Gräser und Zweige bis zu einem Bach. Inzwischen war es im Wald dunkler geworden und die Geräusche der Dämmerung wurden lauter. Eine Wolke von Stechmücken ließ sich kurz auf ihnen nieder und schwärmte dann über das Wasser.

»Was sollen wir jetzt machen?«, fragte Mallory. »Siehst du was?«

Jared blinzelte durch das Okular und schüttelte den Kopf. »Wir gehen einfach am Bach entlang. Irgendwo werden wir ihre Fährte schon wieder finden.«

Sie gingen weiter durch den Wald.

»Mallory«, flüsterte Jared und zeigte auf eine mächtige Eiche. Winzige grüne und braune Wesen hockten dort auf einem Ast. Ihre Flügel sahen aus wie Blätter, aber die Gesichter muteten beinahe menschlich an. Anstelle von Haaren wuchsen Gras und Blütenknospen aus ihren kleinen Köpfen.

»Wo guckst du hin?« Mallory hob das Florett und trat zwei Schritte zurück.

Jared schüttelte vorsichtig den Kopf. »Geister … glaube ich.«

»Wieso guckst du so blöd?«

»Es ist nur ...« Er konnte es nicht richtig erklären. Er streckte die linke Hand aus, mit der Handfläche nach oben, und staunte, als tatsächlich eins der Wesen auf seinem Finger landete. Weiche Füßchen kitzelten seine Haut, während die kleine Elfe mit schwarzen Augen zu ihm hochblinzelte.

»Jared«, sagte Mallory ungeduldig.

Beim Klang ihrer Stimme sprang der Geist in die Luft. Jared sah ihm nach, wie er kreiselnd in die Blätter über ihnen entschwand.

Die Sonnenflecken, die durch die Bäume drangen, bekamen einen orangefarbenen Stich. Weiter vorne wurde der Bach breiter und Überreste einer Steinbrücke ragten über das Wasser.

Jared kribbelte es am ganzen Körper, als sie sich den Schuttruinen näherten, aber weit und breit war kein Kobold zu sehen.

Der Bach war an dieser Stelle fast sieben Meter breit und in der Mitte beinahe schwarz, also wahrscheinlich auch sehr tief.

Jared hörte ein Geräusch, als kratze Metall auf Metall.

Mallory blieb stehen, schaute über das Wasser und hob den Kopf. »Hast du das gehört?«

»Meinst du, es ist Simon?«, fragte Jared. Er hoffte es nicht, denn es klang kein bisschen menschlich.

Eins der Wesen landete auf seinem Finger.

»Keine Ahnung«, sagte Mallory, »aber egal wer oder was es war, es hat bestimmt mit den Kobolden zu tun. Komm!« Mit diesen Worten rannte Mallory in Richtung des Geräusches.

»Geh da nicht rein, Mallory«, sagte Jared. »Es ist zu tief.«

»Was bist du nur für ein Baby«, sagte sie und watete ins Wasser. Sie machte zwei große Schritte und fiel dann, als wäre sie in einen Abgrund gesprungen. Dunkelgrüne Fluten schlossen sich über ihrem Kopf.

Jared sprang vorwärts. Er ließ das Florett am Ufer fallen und tauchte die Hand in das eiskalte Wasser. Prustend kam Mallory wieder an die Oberfläche und griff nach seinem Arm.

Er hatte sie halb ans Ufer gezogen, als hinter ihr etwas aus dem Wasser auftauchte. Erst sah es aus wie ein Hügel, felsig und moosbedeckt. Dann kam ein Kopf zum Vorschein, dunkelgrün wie faulendes Flussgras, mit kleinen schwarzen Augen, einer Nase, knorrig wie ein Ast, und einem Mund voller abgebrochener Zähne. Eine Hand langte nach ihnen. Die Finger waren so lang wie Wurzeln und die Nägel schwarz vom trüben Wasser. Jared atmete den Gestank des Bachgrundes ein, von faulenden Blättern und altem, uraltem Schlamm.

Er schrie. Sein Hirn war wie leer gefegt. Er konnte sich nicht rühren.

Mallory zog sich selbst ganz ans Ufer und blickte sich um.

»Was ist da? Was siehst du?«

Beim Klang ihrer Stimme kam wieder Bewegung in Jared, er stolperte hölzern die Böschung hinauf und zog sie hinter sich her. »Ein Troll«, keuchte er.

Das Wesen stürmte hinter ihnen her. In ihrer unmittelbaren Nähe durchpflügten lange Finger das Gras, bis das Wesen plötzlich aufheulte. Jared drehte sich um, konnte aber nicht erkennen, was passiert war. Das Monster tastete noch mal nach ihnen, zog sich aber brüllend und zuckend zurück, als ein Lichtstrahl auf einen seiner Finger fiel.

»Die Sonne«, sagte Jared. »Er hat sich verbrannt.«

Hinter ihr tauchte etwas aus dem Wasser auf.

»Viel Sonne ist aber nicht mehr übrig«, sagte Mallory. »Lass uns verschwinden.«

»Waaartet«, flüsterte das Monster. Es hatte eine sanfte Stimme.

Es blickte sie aus gelben Augen fest an.

»Kooommmt zurüüück. Ich haaabe etwas für euuuch.« Der Troll streckte ihnen eine Faust hin, als hätte er tatsächlich etwas darin versteckt.

»Komm, Jared«, flehte Mallory. »Ich kann nicht sehen, mit wem du sprichst.«

»Hast du meinen Bruder gesehen?«, fragte Jared.

»Vieeelleeeiiicht. Ich habe etwas gehört, vor einiiiger Zeit, aber da war es hell, zu hell zum Hiiinschauen.«

»Das war er! Er muss es gewesen sein. Wo sind sie hingelaufen?«

Der Kopf drehte sich schwankend in Richtung der Brückenruine und wieder zurück zu Jared. »Kooommmm näher, dann erzäääähle ich es diiir.«

Jared trat noch einen Schritt zurück. »Kommt nicht infrage.«

»Hoool diiir weeenigstens deeeiiin Flooorett.« Der Troll wies auf das Florett, das noch am Ufer lag, wo Jared es hatte fallen lassen. Er schaute zu Mallory hinüber. Auch sie stand mit leeren Händen da. Ihr Florett lag sicher auf dem Grund des Baches.

Mallory machte einen kleinen Schritt auf ihn zu. »Das ist unsere einzige Waffe.«

»Kooommm und hoool sie dir. Ich maaache meine Auuugen zu, wenn duuu dich dann bessser füüühlst.« Er legte eine riesige Hand über die Augen.

Mallory schaute so konzentriert auf das Florett im

Schlamm, dass Jared hochgradig nervös wurde. Sie wollte es wirklich holen.

»Du kannst noch nicht mal was sehen«, zischte Jared. »Lass uns gehen.«

»Aber das Florett ...«

Jared band das Okular los und gab es ihr. Als sie das mächtige Wesen sah, das durch einen Spalt zwischen seinen Fingern lugte und nur durch die letzten Sonnenstrahlen zurückgehalten wurde, wurde sie blass.

»Komm«, sagte sie mit zittriger Stimme.

»Neeeiiin«, rief der Troll. »Kooommmt zurüüück. Ich dreeehe miiich auch ummm. Ich zääähle bisss zeeehn. Dasss wäääre doooch fair. Kooommmt zurüüück!«

Jared und Mallory rasten durch den Wald, bis sie ein sonnenbeschienenes Fleckchen zum Rasten fanden. Sie lehnten sich an den dicken Stamm einer Eiche und schnappten nach Luft. Mallory zitterte. Jared wusste nicht, ob wegen des Trolls oder weil sie durch und durch nass war. Er knöpfte sein Sweatshirt auf, zog es aus und gab es ihr.

»Wir haben uns verirrt«, sagte Mallory zwischen zwei tiefen Atemzügen. »Und wir haben keine Waffen mehr.«

»Zumindest können wir davon ausgehen, dass sie den Bach nicht überquert haben«, sagte Jared, während er versuchte, das Okular wieder an seinem Kopf zu befestigen. »Sonst hätte der Troll sie verschlungen.«

»Das Geräusch kam aber vom anderen Ufer.«

Mallory trat wütend gegen einen Baum, sodass die Rinde abblätterte.

Jared roch, dass es irgendwo brannte. Der Geruch war nur schwach, aber seiner Meinung nach roch es nach verbrannten Haaren.

»Riechst du das?«, fragte Jared.

»Da lang«, sagte Mallory nur.

Sie schlugen sich durchs Unterholz, ohne darauf zu achten, dass Zweige und Dornen ihre Arme zerkratzten. Jared dachte nur noch an seinen Bruder und das Feuer.

Ein einzelner brauner Schuh

»Sieh dir das an.« Mallory blieb unvermittelt stehen, griff ins Gras und hob einen einzelnen braunen Schuh auf.

»Der gehört Simon.«

»Ich weiß«, sagte Mallory und wendete den Schuh, aber alles, was Jared erkennen konnte, war, dass die Sohle voll Schlamm war.

»Du glaubst doch nicht, dass …« Jared brachte seine schreckliche Vermutung nicht über die Lippen.

»Nein, glaube ich nicht!« Mallory steckte den Schuh in die Tasche ihres Sweatshirts.

Er nickte langsam und ließ sich von ihrer Überzeugung anstecken.

Als sie weitergingen, wurde der Baumbestand nach und nach spärlicher, bis sie auf eine große Straße stießen. Schwarzer Asphalt erstreckte sich bis zum Horizont, wo die Sonne in einem Meer von Violett und Orange unterging.

Und ein Stück die Straße hinunter hockte auf einem der Seitenstreifen eine Gruppe von Kobolden zusammengedrängt um ein Feuer.

Düstere Windspiele

KAPITEL FÜNF

In dem herauskommt, welches Schicksal den vermissten Kater ereilte

Jared und Mallory schlichen im Schutz der Bäume vorsichtig an das Lager der Kobolde heran. Der Erdboden war mit Glasscherben und abgenagten Knochen übersät. Hoch in den Bäumen entdeckten sie Käfige, die aus Dornensträuchern, Plastiktüten und anderen Abfällen gewebt waren. An den Ästen hingen zerquetschte Dosen, die wie düstere Windspiele aneinander schepperten.

Zehn Kobolde saßen an einem Feuer. Der schwarz ge-

»Häute sie zu rohem Fleisch, auf den Spieß steck sie sogleich«.

wordene Körper eines Wesens, das gut eine Katze sein konnte, drehte sich an einem Spieß. Ab und zu beugte sich ein Kobold darüber und leckte an dem verkohlten Fleisch, woraufhin der Kobold, der den Spieß drehte, laut bellte und dann bellten immer alle.

Einige Kobolde stimmten ein Lied an. Die Verse ließen Jared erschauern.

Fidirol, fidibatz,
Fang den Hund, fang die Katz,
Häute sie zu rohem Fleisch,
Auf den Spieß steck sie sogleich.
Leck das Fett mit viel Geschmatz,
Fidirol, fidibatz!

Ahnungslos rasten die Autofahrer vorbei.

Vielleicht fährt unsere Mutter auch gerade auf dieser Straße nach Hause, dachte Jared.

»Wie viele?«, flüsterte Mallory und griff nach einem schweren Ast.

»Zehn«, antwortete Jared. »Simon sehe ich nicht. Wahrscheinlich hängt er in einem der Käfige.«

»Bist du sicher?« Mallory sah blinzelnd zu den Kobolden hinüber. »Gib mir mal das Ding.«

»Nicht jetzt«, sagte Jared.

Langsam schlichen sie um die Bäume und suchten nach einem Käfig, in den Simon hineingepasst hätte. Vor ihnen heulte etwas auf, schrill und laut. Sie krochen weiter bis zum Waldrand.

An der Straße hinter dem Lager der Kobolde lag ein Tier. Aufrecht wäre es so groß wie ein Auto gewesen, aber jetzt hatte es sich zusammengerollt. Es hatte den Kopf eines Falken auf dem Rumpf eines Löwen und seine Flanke war voller Blut.

»Kannst du was sehen?«

»Einen Greif«, sagte Jared. »Er ist verletzt.«

»Was ist ein Greif?«

»Eine Art Vogel, wie – egal, geh nur nicht zu nahe ran.«

Mallory seufzte und zog sich weiter in den Wald zurück.

»Da«, sagte sie. »Was ist damit?«

Jared hob den Blick. Einige der hängenden Käfige waren größer und in einem glaubte er eine menschliche Gestalt auszumachen. Simon!

»Ich kann da hochklettern«, sagte Jared.

Mallory nickte. »Mach schnell.«

Jared steckte seinen Fuß in ein Astloch und zog sich zur ersten Astgabel hoch. So kletterte er immer höher bis zu dem Ast, an dem die Käfige hingen. Wenn er sich darauf stellte, konnte er in die höher gehängten Käfige sehen.

Während er sich weiterhangelte, konnte er der Versuchung, nach unten zu sehen, nicht widerstehen. In den tiefer hängenden Käfigen entdeckte er Eichhörnchen, Katzen und Vögel. Einige kratzten und bissen an den Gitterstäben, andere rührten sich nicht. In manchen lagen nur noch Knochen. Alle waren mit Blättern behangen, die verdächtig nach giftigem Efeu aussahen.

»Hey, Rotznase, hierher.«

Die Stimme überraschte Jared dermaßen, dass er beinahe den Ast losgelassen hätte. Sie kam aus einem der großen Käfige.

»Wer ist da?«, flüsterte Jared.

»Ich bin's, Hogsqueal. Wie wär's, wenn du die Tür hier öffnen würdest?«

Jared sah in das Froschgesicht eines weiteren Kobolds, nur hatte dieser hier grüne Katzenaugen. Er war angezogen und seine Zähne waren nicht aus Glas oder Metall, sondern sahen aus wie *Baby*zähnchen.

»Ich denke nicht daran«, sagte Jared. »Meinetwegen kannst du da drin verfaulen. Ich hol dich nicht raus.«

»Spiel nicht die Heulsuse, du Schwachkopf. Wenn ich losbrülle, machen die Jungs Hackfleisch aus dir.«

»Wetten, dass du sowieso die ganze Zeit heulst«, sagte Jared. »Wetten, dass die dir gar nichts glauben.«

»HEY! SCHAUT …«

Jared griff nach einer Ecke des Käfigs und zog daran. Hogsqueal verstummte. Unten klopften die Kobolde einander auf die Schultern und rissen sich um Stücke vom

Katzenfleisch. Von dem Lärm in den Bäumen bekamen sie anscheinend nichts mit.

»Okay, okay«, sagte Jared.

»Gut. Lass mich raus«, forderte der Kobold.

»Ich suche meinen Bruder. Sag mir, wo er ist, dann lass ich dich frei.«

»So nicht, Grünschnabel. Glaubst du, ich bin blöd? Entweder lässt du mich jetzt raus oder ich schreie weiter.«

»Jared!« Simons Stimme ertönte aus einem der Käfige weiter hinten an dem Ast. »Hier bin ich.«

»Ich komme«, rief Jared zurück und wandte sich in Simons Richtung.

»Wenn du jetzt nicht die Tür aufmachst, schreie ich«, drohte der Kobold.

Jared holte tief Luft. »Du schreist nicht. Wenn du schreist, schnappen sie mich und dann lässt dich niemand mehr raus. Ich hole erst meinen Bruder und komme dann zu dir zurück.«

Jared schob sich auf dem Ast vorwärts, erleichtert, dass der Kobold stillhielt.

Sie hatten Simon in einen Käfig gequetscht, der viel zu klein für ihn war. Er hatte die Knie an die Brust gezogen und die Zehen eines Fußes drängten durch die Gitterstäbe. Die Dornen, mit denen der Käfig ausgekleidet war, hatten seine Haut zerkratzt.

»Alles klar?«, fragte Jared, holte sein Taschenmesser heraus und sägte an den verknoteten Schlingpflanzen, die sich um Simons Gefängnis rankten.

»Mit geht's gut«, beteuerte Simon mit nur leicht zitternder Stimme.

»Alles klar?«

Jared hätte ihn gerne gefragt, ob er Tibbs gefunden hatte, fürchtete sich jedoch vor der Antwort. »Es tut mir Leid«, sagte er schließlich. »Ich hätte dir bei der Suche nach dem Kater helfen sollen.«

»Schon gut«, sagte Simon und schlüpfte durch den Türspalt, den Jared hatte öffnen können. »Aber ich muss dir sagen, dass ...«

»Torfkopf! Komm schon, Junge! Genug gequatscht! Lass mich raus!«, rief der Kobold.

»Komm mit«, sagte Jared, »ich habe versprochen, ihm zu helfen.«

Simon folgte seinem Zwillingsbruder über den Ast zurück zu Hogsqueals Käfig.

»Was ist da drin?«

»Ein Kobold, glaube ich.«

»Ein Kobold!«, rief Simon. »Bist du verrückt geworden?«

»Ich könnte dir ins Auge spucken«, bot Hogsqueal an.

»Bäh, eklig«, sagte Simon. »Nein danke.«

»Dadurch bekommst du das zweite Gesicht, du Pfeife.

Hier«, sagte Hogsqueal, zog ein Taschentuch hervor und spuckte hinein. »Reib dir das in die Augen.«

Jared zögerte. Konnte man einem Kobold trauen? Andererseits würde Hogsqueal nie aus diesem Käfig herauskommen, wenn er ihnen etwas antat. Simon würde den Kobold niemals herauslassen.

Er nahm das Okular ab und wischte sich mit dem schmutzigen Tuch über die Augen. Sie brannten.

»Ihh. Das ist voll widerlich«, sagte Simon.

Jared blinzelte und schaute zu den Kobolden am Feuer hinüber. Er konnte sie ohne den Stein sehen. »Simon, es hat geklappt!«

Simon warf dem Tuch einen skeptischen Blick zu, aber dann rieb er sich die Spucke des Kobolds auch in die Augen.

»Wir haben eine Vereinbarung, stimmt's? Lass mich raus«, forderte Hogsqueal.

»Erst erzählst du mir, warum du da drin bist«, sagte Jared. Es war nett von ihm, ihnen das Taschentuch zu geben, aber es konnte auch ein Trick sein.

»Gar nicht so dämlich für so einen Hohlkopf«, knurrte der Kobold. »Ich bin hier, weil ich eine Katze aus dem Kä-

fig befreit habe. Ich mag nämlich Katzen, weißt du, und zwar nicht nur, weil sie lecker sind, das sind sie nämlich schon, oh ja. Aber sie haben so Augen, die sind meinen verdammt ähnlich, und es war nur ein Kätzchen, mit nicht viel dran. Und es hat so süß miaut.« Der Kobold verlor sich kurz in Erinnerungen, bevor er Jared wieder ansah. »Genug davon. Lass mich raus.«

»Und was ist mit deinen Zähnen? Frisst du Babys, oder was?« Jared fand die Geschichte, die der Kobold erzählt hatte, nicht gerade beruhigend.

»Was soll das sein? Ein Verhör?«, schimpfte Hogsqueal.

»Ich lasse dich ja schon frei.« Jared ging näher heran und begann, die komplizierten Knoten durchzuschneiden. »Aber du sollst mir was über deine Zähne erzählen.«

»Na ja, Kinder haben doch diese seltsame Angewohnheit, Zähne unters Kopfkissen zu legen, stimmt's?«

»Du klaust Kindern die Milchzähne?«

»Sag bloß, du glaubst an die Zahnfee, Dummi!«

Jared würdigte ihn keiner Antwort und fummelte weiter.

Der letzte Knoten war beinahe durchgesägt, als der Greif loskreischte.

Vier Kobolde umzingelten ihn mit spitzen Stöcken. Das Tier schien nicht richtig aufstehen zu können, aber es konnte nach den Kobolden schnappen, wenn sie ihm zu nahe kamen. Der Falkenschnabel schnappte zu und trennte einen Koboldarm ab. Der verletzte Kobold quiekte und ein zweiter stach dem Greif mit dem Stock in den Rücken. Die übrigen Kobolde jubelten.

»Was machen die da?«, flüsterte Jared.

»Was glaubst du, wonach das aussieht?«, antwortete Hogsqueal. »Sie warten darauf, dass er stirbt.«

»Sie bringen ihn um!«, schrie Simon. Er hatte die Augen weit aufgerissen angesichts dieses grausigen Schauspiels. Jared wurde klar, dass sein Bruder das alles zum ersten Mal sah. Plötzlich nahm Simon eine Hand voll Blätter und Stöcke von dem Baum, auf dem sie standen, und schleuderte sie nach unten auf die Kobolde.

»Simon, hör auf!«, sagte Jared.

»Lasst ihn in Ruhe, ihr Schweine!«, rief Simon. »LASST IHN IN RUHE!«

In dem Augenblick schauten alle Kobolde nach oben. In der Dunkelheit leuchteten ihre Augen gespenstisch weiß.

Die Flammen loderten grün auf.

KAPITEL SECHS

In dem Jared eine schwierige Entscheidung treffen muss

Lass mich frei!«, brüllte Hogsqueal.

Jared erwachte aus seiner Erstarrung und schnitt den letzten Knoten durch.

Hogsqueal tanzte auf den Ast hinaus, ohne sich um die Kobolde zu kümmern, die sich bellend unter dem Baum versammelt hatten.

Jared sah sich nach einer möglichen Waffe um, aber außer seinem kleinen Messer hatte er nichts zur Hand. Simon brach weiter Äste ab, während Hogsqueal sich aus dem Staub machte und wie ein Affe von Baum zu Baum hüpfte.

Die Zwillinge saßen, von allen verlassen, in der Falle. Wenn sie herunterkletterten, würden die Kobolde über sie herfallen.

Und irgendwo da unten im Dunkeln stand Mallory, blind und allein.

»Was machen wir mit den Tieren in den Käfigen?«, fragte Simon.

»Keine Zeit!«

»Hey, ihr Flaschen!«, hörte Jared Hogsqueal rufen. Er drehte sich zu ihm um, aber Hogsqueal meinte die Zwillinge gar nicht. Er tanzte um das Lagerfeuer und steckte sich gerade ein großes Stück verbranntes Katzenfleisch in den Mund.

»Kanisterköpfe!«, schrie er den anderen Kobolden entgegen. »Volltrottel! Knalltüten! Drecksäcke! Blödbolzen!« Er lehnte sich zurück und pinkelte ins Feuer, sodass die Flammen grün aufloderten.

Die Kobolde ließen von dem Baum ab und stürmten auf Hogsqueal zu.

»Los!«, sagte Jared. »Schnell!«

Simon kletterte, so rasch er konnte, den Baum hinunter und sprang, als er weit genug unten war. Er landete mit einem dumpfen Geräusch. Jared kam direkt neben ihm herunter.

Mallory umarmte die beiden, ohne ihren Stock loszulassen.

»Ich habe gehört, wie die Kobolde näher kamen, aber ich konnte absolut nichts sehen«, sagte sie.

»Setz das auf.« Jared hielt ihr das Okular hin.

»Das brauchst *du* doch«, widersprach sie.

»Mach!«

Erstaunlicherweise schnallte Mallory es wortlos um, holte Simons Schuh aus ihrem Sweatshirt und gab ihn ihm zurück.

Sie liefen in den Wald, aber Jared musste sich einfach noch mal umsehen. Hogsqueal war umzingelt – wie eben der Greif.

So konnten sie ihn nicht zurücklassen.

»Hey!«, rief Jared. »Hierher!«

Die Kobolde drehten sich um, erkannten die drei Kinder und rannten auf sie zu.

Jared, Mallory und Simon liefen los.

»Bist du verrückt geworden?«, schrie Mallory.

»Er hat uns geholfen«, schrie Jared keuchend zurück.

»Wo laufen wir hin?«, fragte Simon.

»Zum Bach«, sagte Jared. Seine Gedanken überschlugen sich wie noch nie in seinem Leben. Der Troll war ihre einzige Chance. Der schaffte locker zehn Kobolde, davon war Jared überzeugt. Die Frage war nur, wie sie sich selbst vor ihm in Sicherheit bringen sollten.

»Da können wir nicht hergehen«, sagte Mallory, aber Jared kümmerte sich nicht um sie.

Wenn sie bloß in den Bach springen könnten! Das würde vielleicht schon reichen. Die Kobolde hatten wahrscheinlich keine Ahnung von dem Monster.

Die Kobolde waren noch weit genug hinter ihnen. Sie würden erst zu spät erkennen, was auf sie zukam.

Er stand am Ufer.

Gleich waren sie da. Jared konnte den Bach schon sehen, aber die Brückenruine lag noch ein Stück entfernt.

Dann sah Jared etwas, das ihn zum sofortigen Anhalten zwang.

Der Troll war an Land, er stand am Ufer. Augen und Zähne leuchteten im Mondlicht.

Jared schätzte, dass er selbst gebückt mindestens drei Meter groß war.

»Sooo ein Glüüück«, sagte er und streckte einen langen Arm in ihre Richtung.

»Warte«, sagte Jared.

Das Wesen kam auf sie zu und zeigte in einem bedächtigen Lächeln seine zerbrochenen Zähne. Es wartete keineswegs.

»Hörst du das?«, fragte Jared. »Das sind Kobolde. Zehn fette Kobolde. Das ist viel besser als drei kleine magere Kinder.«

Das Monster zögerte. Im Handbuch stand, dass Trolle nicht besonders schlau waren.

Hoffentlich stimmt das, dachte Jared.

»Du musst nur in den Bach zurückgehen, dann treiben wir sie dir in die Arme. Versprochen.«

Die gelben Augen des Trolls glitzerten gierig. »Jaaa«, sagte er.

»Beeil dich!«, sagte Jared. »Sie kommen gleich!«

Der Troll schlitterte zum Wasser und tauchte unter. Die Wasseroberfläche kräuselte sich kaum.

»Was war das?«, fragte Simon.

Jared zitterte am ganzen Körper, aber davon konnte er sich nicht aufhalten lassen. »Lauft in den Bach, dahinten,

wo es seicht ist. Wir müssen sie dazu bringen, uns bis ins Wasser zu verfolgen.«

»Bist du übergeschnappt?«, fragte Mallory.

»Bitte«, bettelte Jared. »Vertraut mir.«

»Irgendwas müssen wir tun!«, sagte Simon.

»Okay, gehen wir.« Kopfschüttelnd folgte Mallory ihren Brüdern zum schlammigen Ufer.

Die Kobolde brachen durch die Bäume. Jared, Mallory und Simon wateten durch das seichte Wasser, immer im Zickzack um die tiefe Grube herum. Der schnellste Verfolgungsweg führte mitten durch den Bach.

Hinter sich hörte Jared die Kobolde unter wildem Gebell durchs Wasser spritzen. Dann verwandelte sich das Gebell in Geschrei.

Als Jared sich umblickte, sah er mehrere Kobolde, die zum Ufer zurückpaddeln wollten. Der Troll fing sie alle und schüttelte, biss und zog sie mit sich hinunter in seine Wasserhöhle.

Jared konnte nicht mehr hinsehen. Sein Magen schlug vor Übelkeit schon seltsame Purzelbäume.

Simon sah blass aus, als wäre ihm schlecht.

»Kommt, wir gehen nach Hause«, sagte Mallory.

Jared nickte.

»Das geht nicht«, sagte Simon. »Was soll denn aus all den Tieren werden?«

Im hellen Schein des Vollmonds

KAPITEL SIEBEN

In dem Simon sich selbst übertrifft und ein außergewöhnliches neues Haustier findet

»Du machst wohl Witze«, sagte Mallory, nachdem Simon ihr erklärt hatte, was er vorhatte.

»Sie sterben, wenn wir ihnen nicht helfen.« Simon bestand auf seinem Plan. »Der Greif blutet.«

»Den Greif auch?«, fragte Jared. Das mit den Katzen konnte er ja noch verstehen, aber einen Greif?

»Wie sollen wir dem Biest denn helfen?«, fragte Mallory. »Wir sind doch keine Elfentierärzte!«

»Wir müssen es wenigstens versuchen«, sagte Simon genauso energisch.

Jared war es seinem Bruder schuldig, zuzustimmen. Schließlich hatte Simon seinetwegen eine Menge mitgemacht.

»Wir könnten die alte Plane aus dem Kutscherhaus holen.«

»Yeah.« Simon war Feuer und Flamme. »Darauf können wir den Greif zum Haus zurückschleppen. Dort ist genug Platz.«

Mallory verdrehte die Augen.

»Wenn er uns lässt«, sagte Jared. »Hast du gesehen, was er mit dem Kobold gemacht hat?«

»Bitte«, bettelte Simon, »Ich bin nicht stark genug, um ihn alleine zu ziehen.«

»Einverstanden«, sagte Mallory. »Aber ich denke nicht daran, dem Kopf zu nahe zu kommen.«

Jared, Simon und Mallory marschierten zum Kutscherhaus zurück. Im hellen Schein des Vollmonds fanden sie sich im Wald gut zurecht, überquerten den Bach aber vorsichtshalber erst an einer Stelle, wo er nur noch ein Rinnsal war. Vom Rasen aus sah Jared, dass alle Fenster im Haupthaus hell erleuchtet waren. Der Wagen seiner Mutter parkte in der Einfahrt. Machte sie gerade Abendessen? Hatte sie die Polizei gerufen? Am liebsten wäre Jared hineingegangen und hätte seiner Mom gesagt, dass es ihnen gut ging, aber er traute sich nicht.

»Komm schon, Jared.« Simon hatte die Tür des Kutscherhauses geöffnet und Mallory zog bereits die Plane von dem alten Auto.

»Hey, sieh dir das an.« Simon nahm eine alte Taschenlampe vom Regal und schaltete sie ein. Zum Glück strich kein Lichtstrahl über den Rasen.

»Wahrscheinlich sind die Batterien leer«, sagte Jared.

»Hört mit der Spielerei auf«, mahnte Mallory. »Wir versuchen, *nicht* erwischt zu werden.«

Sie schleppten die Plane durch den Wald. Diesmal waren sie langsamer und stritten sich oft über den kürzesten Weg. Jared zuckte jedes Mal zusammen, wenn in der Ferne irgendwelche nächtlichen Geräusche ertönten. Selbst das Quaken der Frösche klang auf einmal beunruhigend.

Was verbirgt sich wohl noch dort im Dunkeln?, fragte er sich. Vielleicht noch viel schlimmere Wesen als Kobolde oder Trolle. Er schüttelte den Kopf und beruhigte sich mit dem Gedanken, dass man an einem Tag nicht noch mehr Pech haben konnte.

Als sie endlich wieder am Lager der Kobolde ankamen, staunten die Kinder nicht schlecht, als sie Hogsqueal am Feuer antrafen. Er leckte an den Knochen und rülpste zufrieden, als sie näher kamen.

»Dir geht's gut, was?«, meinte Jared.

»Spricht man so mit jemandem, der einem die nackte Haut gerettet hat?«

Jared wollte widersprechen – wegen dieses blöden Kobolds waren sie beinahe umgekommen –, aber Mallory packte ihn am Arm.

»Los, hilf Simon mit den Tieren«, sagte sie. »Ich bleibe hier und passe auf den Kobold auf.«

»Ich bin kein Kobold«, sagte Hogsqueal. »Ich bin ein *Grüner Kobold.*«

»Egal«, sagte Mallory und setzte sich auf einen Stein.

Simon und Jared kletterten auf die Bäume und befreiten alle Tiere aus ihren Käfigen. Die meisten liefen über den nächstbesten Zweig davon oder hüpften zu Boden, weil sie vor den Jungen genauso viel Angst hatten wie vor den Kobolden. Ein Kätzchen duckte sich in seinen Käfig und miaute Mitleid erregend. Jared wusste nicht, was er mit ihm machen sollte, deshalb stopfte er es in seinen Rucksack und suchte weiter. Keine Spur von Tibbs.

Als Simon das Kätzchen sah, bestand er darauf, es zu

behalten. Jared hätte es nicht schlecht gefunden, wenn Simon dafür den Greif dalassen würde.

Jared glaubte zu beobachten, dass Hogsqueal beim Anblick des Kätzchens weichere Züge bekam, aber vielleicht auch nur vor Hunger.

Als die Käfige leer waren, gingen die Geschwister mit dem Grünen Kobold auf den Greif zu. Er beobachtete sie misstrauisch und fuhr die Krallen aus.

Mallory ließ ihr Ende der Plane fallen. »Wie ihr wisst, gehen verletzte Tiere gerne zum Angriff über.«

»Manchmal aber auch nicht«, sagte Simon, kehrte die Handflächen nach oben und ging auf den Greif zu. »Manchmal lassen sie es auch zu, dass man sich um sie kümmert. Ich habe mal eine Ratte gefunden, die war auch so. Sie hat mich erst gebissen, als es ihr besser ging.«

»Nur eine Horde Hirnis würde sich mit einem verletzten Greif abgeben.« Hogsqueal knackte noch einen Knochen und saugte langsam das Knochenmark heraus. »Soll ich das Kätzchen festhalten?«

Mallory schaute ihn böse an. »Willst du zu deinen Freunden auf den Grund des Baches, oder was?«

Jared lächelte. Es tat gut, Mallory dabeizuhaben.

Da fiel ihm etwas ein. »Wenn du gerade so großzügig tust, wie wäre es mit ein bisschen Koboldspucke für meine Schwester?«

»Es handelt sich um die Spucke eines Grünen Kobolds«, verkündete Hogsqueal überheblich.

»Nee danke«, sagte Mallory, »ich verzichte freiwillig.«

»Nein, weil – so bekommst du das zweite Gesicht. Und das ist eigentlich auch ganz logisch«, sagte Jared. »Ich meine, wenn es mit Elfenbadewasser funktioniert, warum dann nicht so?«

»Ich weiß wirklich nicht, was ich ekliger finde.«

»Gut, wenn sie so darüber denkt.« Hogsqueal versuchte anscheinend, beleidigt auszusehen. Nicht dass es ihm besonders gut gelang, fand Jared, zumal er gleichzeitig an einem Knochen leckte.

»Mach schon, Mal. Du kannst doch nicht die ganze Zeit mit einem Stein vor dem Kopf herumlaufen.«

»Sagst du«, antwortete sie. »Weißt du wenigstens, wie lange diese Spucke wirkt?«

Darüber hatte Jared noch nicht nachgedacht. Er sah Hogsqueal an.

»Bis euch jemand die Augen aussticht«, sagte der Kobold.

»Ich tue dir nichts.«

»Super«, sagte Jared, der versuchte, das Gespräch wieder an sich zu reißen.

Mallory seufzte. »Na gut.« Sie kniete nieder und nahm das Monokel ab. Hogsqueal spuckte genüsslich.

Als Jared wieder aufsah, war Simon bereits zu dem Greif gegangen. Er hockte neben ihm und redete leise auf ihn ein.

»Hallo, Greif«, sagte Simon sehr sanft. »Ich tue dir nichts. Wir wollen dir nur helfen, wieder gesund zu werden. Komm, sei brav.«

Als der Greif aufheulte, klang es wie ein pfeifender Wasserkessel. Simon strich ihm beruhigend über die Federn.

»Los, breitet die Plane aus«, flüsterte Simon.

Der Greif richtete sich ein wenig auf und öffnete den Schnabel, aber Simons Streicheln schien ihn zu entspannen. Das Tier legte seinen Kopf wieder auf den Asphalt.

Hinter ihm rollten sie die Plane aus.

Simon kniete an seinem Kopf und sprach ihm leise gurrend zu. Der Greif schien zuzuhören und plusterte sich auf, als kitzelte ihn Simons Geflüster.

Mallory schlich sich an eine Seite und nahm sanft seine Vorderpranken, während Jared das Hinterteil festhielt.

»Eins, zwei, drei«, zählten sie leise und rollten den Greif auf die Plane. Er kreischte und schlug mit den Beinen, aber da war er auch schon sicher auf dem Segeltuch gelandet.

Sie hoben die Plane so hoch wie möglich an und machten sich auf den beschwerlichen Heimweg zum Kutscherhaus. Der Greif war leichter, als Jared gedacht hätte. Simon vermutete, dass er hohle Knochen haben könnte, wie Vögel.

»Bis dann, ihr Strohköpfe«, rief Hogsqueal ihnen nach.

»Wir sehen uns«, rief Jared zurück. Er hätte eigentlich nichts dagegen gehabt, wenn der Grüne Kobold mitgekommen wäre.

Mallory verdrehte die Augen.

Der Greif hatte wenig Freude an der Reise. Sie konnten ihn nicht hoch genug heben, sodass er ständig über Gestrüpp und Unebenheiten im Boden schleifte. Er schrie und kreischte und schlug mit dem gesunden Flügel. Sie mussten anhalten, bis Simon ihn so weit beruhigt hatte, dass sie ihn weiterschleppen konnten. Es kam ihnen vor wie eine Ewigkeit, bis sie ihn endlich nach Hause gebracht hatten.

Am Kutscherhaus mussten sie zunächst die hintere Flügeltür öffnen, um den Greif in eine der Pferdeboxen zu schaffen, wo er es sich in dem alten Stroh bequem machte.

Simon kniete neben ihm nieder und reinigte seine Wunden, so gut es das Mondlicht zuließ, zumal es in dem Häuschen nur Wasser aus dem Gartenschlauch gab. Jared holte dem Greif einen Eimer Wasser, den er dankbar aussoff.

Sogar Mallory packte mit an. Sie fand eine mottenzerfressene Decke und legte sie vorsichtig über das Tier. Schläfrig und mit verbundenen Wunden konnte man ihn fast für zahm halten.

Jared fand es zwar nach wie vor verrückt, den Greif mit-

Im Kutscherhaus

genommen zu haben, aber er musste zugeben, dass auch er allmählich eine gewisse Zuneigung für ihn empfand. Jedenfalls eher als für Hogsqueal.

Als Jared, Simon und Mallory endlich ins Haus humpelten, war es sehr spät. Mallorys Kleider waren noch immer feucht von dem Bad im Bach und Simons Sachen hingen in Fetzen. Jared hatte Grasflecken auf der Hose und zerschrammte Ellbogen von der Jagd durch den Wald. Aber sie hatten es geschafft, das Okular und das Handbuch heil nach Hause zu bringen, Simon hatte ein Kätzchen in der Farbe eines Karamellbonbons im Arm, und sie waren alle noch am Leben. Aus Jareds Sicht war das ein großer Erfolg.

Ihre Mutter hing am Telefon, als sie reinkamen. Ihr Gesicht war tränenüberströmt. »Sie sind da!« Sie legte auf und starrte sie einen Augenblick lang an. »Wo wart ihr? Es ist ein Uhr nachts!« Sie zeigte mit dem Finger auf Mallory. »Wie konntest du nur so verantwortungslos sein?«

Mallory warf Jared einen Blick zu. Von der anderen Seite sah ihn Simon an, der das Kätzchen an die Brust drückte. Jared dämmerte, dass sie von ihm erwarteten, mit irgendeiner Ausrede rauszurücken.

»Äh ... da war eine Katze auf einem Baum«, begann Jared. Simon lächelte ihm ermutigend zu. »Diese Katze da.« Jared zeigte auf das Kätzchen auf Simons Arm. »Und dann, weißt du, ist Simon auf den Baum geklettert, aber das Kätzchen hat Angst bekommen. Es ist immer höher geklettert und Simon konnte nicht wieder runter. Und ich bin zurückgerannt und habe Mallory geholt.«

»Und ich habe versucht, hinterherzuklettern«, sponn Mallory den Faden weiter.

»Genau«, sagte Jared. »Sie ist hinter ihm hergeklettert. Aber dann ist das Kätzchen auf einen anderen Baum gesprungen und Simon hinterher, und dabei ist ein Ast gebrochen, und er ist in einen Bach gefallen.«

»Aber seine Sachen sind gar nicht nass«, sagte ihre Mutter vorwurfsvoll.

»Jared meint, dass *ich* in den Bach gefallen bin«, sagte Mallory.

»Und mein Schuh«, sagte Simon.

»Yeah«, sagte Jared. »Dann hat Simon das Kätzchen gefangen, aber dann mussten wir die beiden vom Baum holen, ohne dass er völlig zerkratzt wurde.«

»Das hat eine Weile gedauert«, sagte Simon.

Ihre Mutter warf Jared einen seltsamen Blick zu, aber sie schrie ihn nicht an. »Ihr habt alle drei Hausarrest bis zum Monatsende. Draußen spielen verboten, keine weiteren Ausreden.«

Jared wollte mit ihr diskutieren, aber ihm fiel absolut nichts ein.

Als sie zu dritt die Treppe hinaufschlurften, sagte Jared: »Tut mir Leid. Die Ausrede war nicht besonders.«

Mallory schüttelte den Kopf. »Was hättest du schon groß sagen sollen? Du konntest ihr schließlich nicht erklären, was wirklich passiert ist.«

»Wo kamen die Kobolde überhaupt her?«, fragte Jared. »Wir wissen immer noch nicht, was sie eigentlich wollten.«

»Das Handbuch«, sagte Simon. »Das wollte ich dir schon die ganze Zeit sagen. Sie dachten, ich hätte es.«

»Aber warum? Woher wussten sie, dass wir es gefunden haben?«

»Du glaubst doch nicht, dass Thimbletack es ihnen verraten hat, oder?«, fragte Mallory.

Jared schüttelte den Kopf. »Er wollte von vornherein nicht, dass wir uns mit dem Buch abgeben.«

Mallory seufzte. »Und wie dann?«

»Und wenn irgendwer das Haus beobachtet und darauf gewartet hat, dass wir das Buch finden?«

»Irgendwer oder irgendwas«, ergänzte Simon sorgenvoll.

»Aber warum?«, fragte Jared lauter als beabsichtigt. »Was ist an dem Buch so wichtig? Ich meine – können Kobolde überhaupt lesen?«

Simon hob die Schultern. »Warum, haben sie nicht gesagt. Sie wollten es eben haben.«

»Thimbletack hatte Recht.« Jared öffnete die Tür zu dem Zimmer, das er mit seinem Zwillingsbruder teilte.

Simons Bett war ordentlich bezogen, mit glattem Laken und aufgeschütteltem Kissen. Jareds Bett dagegen konnte man eigentlich nicht mehr als solches bezeichnen. Die Matratze hing, mit Federn und Füllung bestreut, neben dem Rahmen. Das Bettlaken und der Bettbezug waren zu Bändern zerrissen.

»Thimbletack!«, sagte Jared.

»Ich habe dich gewarnt«, sagte Mallory. »Du hättest dir diesen Stein nicht einfach nehmen sollen.«

Es kommt bald knüppeldick

Rund um Spiderwick ...

In Rätseln redet dieses Wesen.

Wer kann den Sinn im Unsinn lesen?

Und der Waldelf, ist er so stattlich und hold,
dass ihr ihm blindlings vertrauen wollt?

Die Antwort auf Allerlei
liefert Buch Nummer Drei.

Über Tony DiTerlizzi ...

Tony DiTerlizzi, dessen Werke auf der Bestsellerliste der *New York Times* stehen, bekam den Zena Sutherland Preis für das Bilderbuch *Ted.* Er kreierte *Jimmy Zangwow's Out-of-This-World Moon Pie Adventure* und die Illustrationen zu Tony Johnsons Erstleser-Serie *Alien and Possum*. Seine brillante filmische Version des Klassikers *The Spider and the Fly* von Mary Howitt wurde kürzlich mit der Caldecott-Medaille ausgezeichnet. Tony illustrierte überdies Bücher bekannter Autoren wie J.R.R. Tolkien, Anne McCaffrey, Peter S. Beagle und Greg Bear sowie das Kartenspiel *Magic the Gathering* von den Wizards of the Coast. Tony lebt mit seiner Frau Angela und ihrem Mops Goblin in Amherst, Massachusetts. Ihr findet ihn auch auf seiner Website unter www.diterlizzi.com.

… und Holly Black

Holly Black wuchs in einem alten viktorianischen Haus auf, wo ihre Mutter dafür sorgte, dass ihr die Geister- und Elfengeschichten nie ausgingen. Wenig verwunderlich also, dass ihr erster Jugendroman, *Die Zehnte*, auf raffinierte Weise ein schauriges Porträt der Elfenwelt entwirft. Das 2002 in den USA, 2003 in Deutschland veröffentlichte Buch wurde hervorragend rezensiert und von der American Library Association als eines der »Best Books for Young Adults« ausgezeichnet. Holly Black lebt mit ihrem Mann Theo und einem beeindruckenden Zoo in New Jersey. Ihr findet sie im Internet unter www.blackholly.com.

Tony und Holly wehren sich weiterhin Tag und Nacht gegen wütende Elfen und Kobolde, damit sie die Geschichte der Grace-Kinder für euch zu Papier bringen können.

DANKSAGUNG

Wir danken Steve und Dianna für ihr Verständnis, Starr für ihre Ehrlichkeit, Myles und Liza dafür, dass sie uns auf dieser Reise begleitet haben, Ellen und Julie dafür, dass sie uns geholfen haben, dies Wirklichkeit werden zu lassen, Kevin für seine unermüdliche Begeisterungsfähigkeit und dafür, dass er so fest an uns geglaubt hat, und ganz besonders Angela und Theo – Superlative genügen nicht, um eure Geduld in diesen endlosen nächtlichen Diskussionen zum Thema Spiderwick zu beschreiben.

Tony und Holly

Holly Black / Toni DiTerlizzi

Die Spiderwick Geheimnisse –

Eine unglaubliche Entdeckung

128 Seiten ISBN 978-3-570-12863-3

Irgendwie spukig ist das verwinkelte viktorianische Haus, in das die Zwillinge Jared und Simon mit ihrer Schwester Mallory einziehen. Merkwürdige Dinge geschehen, boshafte Streiche, die allesamt Jared in die Schuhe geschoben werden. Versteckte Aufzüge gibt es dort, eine geheime Bibliothek – und ein altes, abgegriffenes Buch, das von magischen Wesen und ihrem Treiben berichtet.

Die Geschwister ahnen: In diesem Haus sind sie nicht allein ....

5341

www.cbj-verlag.de

Holly Black / Toni DiTerlizzi

Die Spiderwick Geheimnisse – Gefährliche Suche

128 Seiten ISBN 978-3-570-12864-0

Seit die Geschwister Jared, Simon und Mallory das Handbuch für magische Geschöpfe in dem alten Haus ihrer Tante gefunden haben, ist nichts mehr wie früher. Das Buch von Großonkel Arthur Spiderwick und der kleine Hauskobold Thimbletack haben den drei Kindern eine Welt eröffnet, an deren Existenz sie bisher nicht glaubten. Doch weil das Buch Macht über alle magischen Geschöpfe verleiht, wollen die Übernatürlichen es an sich reißen.

5342

cbj

www.cbj-verlag.de

128 Seiten ISBN 978-3-570-12920-3

Holly Black / Toni DiTerlizzi

Die Spiderwick Geheimnisse –

Der eiserne Baum

128 Seiten ISBN 978-3-570-12921-0

Mallory ist entführt worden! Um sie zu retten, folgen Jared und Simon einem Hinweis, der sie in einen alten Steinbruch führt. Hier befindet sich seit jeher das Reich der Zwerge, das vom schrecklichen Mulgarath beherrscht wird. Die Zwillinge können Mallory zwar aus der Gewalt der Zwerge befreien, doch dann sehen sie Mulgarath, wie er das Buch der magischen Geschöpfe in Händen hält ...

Holly Black / Toni DiTerlizzi

Die Spiderwick Geheimnisse –

Die Rache der Kobolde

144 Seiten ISBN 978-3-570-12922-7

Das Haus der Familie Grace ist völlig verwüstet, die Mutter entführt! Jared, Simon und Mallory begeben sich in das Reich des schrecklichen Herrschers der Kobolde, Mulgarath, der auch das magische Handbuch in seiner Gewalt hat. Mithilfe seines inzwischen erworbenen Wissens über die fantastische Welt, versucht Jared das Ungeheuer zu überlisten, seine Mutter zu befreien und das magische Handbuch zurückzuerlangen.